京都あちこち　独《ひと》り言《ご》ち

千　宗室

淡交社

京都あちこち独り言《ひとごと》ち　目次

京都あちこち独り言ち

旅人ごころ

あすへの話題

装訂　大西和重

本文中の写真はすべて著者が撮影したものです。

京都あちこち独《ひと》り言《ご》ち

——『クロワッサン・プレミアム』

そろりそろりと秋が来た

　秋から冬へ移り変わりゆく頃の風情が好きだ。おっとりとしているみたいで、その実、気忙しい。さながら日増しに高くなる天涯の下を渡る鳥の群れのようだ。長閑《のどか》な中にも微かな緊張感が見て取れる。進む方向はわかっているが、ある一線を越えた途端に出くわす意地悪い寒気のことを充分に意識している、そんな佇まいなのである。

＊　＊

　九月の末ぐらいまでは、速やかに去ることを躊躇《ちゅうちょ》している夏の鬼っ子の気配を所々で感じた日があった。爽やかな朝の日差しに紛れて突然纏わりつく霞んだような熱気に驚かされたりした。過ぎ去ったはずの夏の陽光が三和土《たたき》の床を炙《あぶ》り、そこだけが身を震わしているのを目にしたりもした。もう秋だというのに、と訝《いぶか》しく思う。しかし、その戸惑うところが妙味である。そうだからこそ、毎日が生きたものになる。時計の秒針のようにひたすら進むだけでは面白味がない。行きつ戻りつ右左。それでいて私たちのような滑稽さがない。季節の移ろいに魅力が溢れている所以《ゆえん》がそこにある。

＊　　＊

祇園祭から大文字の送り火へと観光客で溢れかえったピークを越し、暫く静かだった京都の町がにぎわう季節が、またやってきた。束の間、息を整えていた大路小路に心なしか緊張感が戻ってきた。今から年末に掛けての入洛者には、やはり紅葉狩り目当ての方が多いだろう。ただ、なんといってもそれが美しいのは十一月の半ば過ぎからである。毎年色づく樹木の中には月初めから愛想を振りまいている気の早いのもいるが、こういうサービス満点なのに限って損をする。桜と同じだ。さきがけの花は威勢はよい。しかし、辺りが満開になる時には咲き誇る仲間を地表から見上げることになってしまう。それと同じだ。人間でもこんなのはいますね。アワテのイチビリ、なんてのはだいたい周りから浮き上がっている。それなのに当の本人はそのことに気が付かず、揶揄《やゆ》される対象になっていく。皆様方、くれぐれも油断召されぬように。

＊　＊

ここ数年、家の前の通りがにぎやかになってきた。平日でもかまびすしい。以前はせいぜい休日に自動車で乗りつける人がいたぐらいだった。車から下り、門を背景に写真を一枚。それだけして疾風《はやて》のように去っていく。滞在時間一分半。駅の立ち食い蕎麦屋にいるよりはるかに短い。そんなふうだった。そんなふうだったスタイルに変化が出てきた。十人程度のグループでやってこられることが多くなった。たいていが徒歩だ。ウォーキングというのだろうか。この通りには表千家とウチとが並んでいる。だからなのか、近頃では《家元通り》との通称がついているそうだ。

タクシーを使う場合、私はよほどのことがない限り、門前までは乗り付けない。たいていは家から百メートルばかり離れた辺りで下りる。門前からまっすぐ入った奥に利休像が祀られているお堂がある。それゆえ、利休様の正面で下車するのは申し訳な

い、そんな思いがあるからだ。あるとき乗ったタクシーの運転手が私の伝えた住所を反復した後、「家元通りの手前ですね」と言った。そのとき、この妖しげな通称がじわじわと広まっていることを実感したのである。

確かに東京辺りではそのような通称が本来の名前を乗っ取らんばかりだとかの話も聞いた。キラー通りなんかはその典型ではないか。古くからの住人だと、戸惑いが増えるばかりなんだろうな。

さて、ともかく話は《家元通り》である。日蓮宗の本山寺院もあるし、勿論茶の湯と関係ない方も住んでおられる。私が言い出したわけではないが、それでもどうも近所の皆さん方に申し訳ない気がしてならないのだ。しかし《家元通り》でまだよかったか。《お抹茶通り》とか《お着物通り》だったならタクシーの運転手だって恥ずかしくって口にできないんじゃないか。そんな高札なんか上がったならば、住んでいるこちらでさえ照れくさくて道を歩くこともはばかられる。

＊　＊

《家元通り》をそぞろ歩く人たちは、心なしかのんびりしている。車を使わないのだからそれも当然なのだが、自分の一呼吸に合わせて観光を楽しんでいるように見受ける。ここから次に向かうのは西陣か北野上七軒《かみしちけん》か。勿論、他人《ひと》様のことだからわからない。わからないが、少なくとも我が家の前で目にするこういうスタイルで出かけることが多いならば、そうやって目にするものがその一人一人の中に確実に残っていくだろう。滞在一分半では絵葉書を眺めるのと変わりない。五分のんびりすれば、そこで撮った写真にも奥行きが出てくる。そうして旅は思い出へと姿を変えていくのである。

それにしてもこの《家元通り》って通称、なんとかなりませんかね。

色の有る無し

晩秋から年の瀬に掛け、町中の空気は希薄なものへと換わっていく。湿気が抜ける。よそよそしくなる。他人行儀といえばよいだろうか。長く知ってはいるものの、それほど深く付き合いたくない知人のようなもので、何事につけお座なりなわけだ。見上げれば、天は確実に遠のいていく。つい先日まで、指を伸ばしてそおっとなぞってみたいと思うほど仲良くそこにあった空と雲との間にも以前ほどの親密さが感じ取れない。どちらも無関心な様子で、うすらぼんやりとそこにあるだけだ。時折、雲が勢いを取り戻して低い位置ながら堤《つつみ》の形態に肘を張りだすと、それにつられてか空も色合いを些か濃い目に力もうとする。久しぶりの中秋の空模様に心が浮かれるが、雲堤《うんてい》は低気圧到来の前触れ。雨のひと降り・風のひと吹きをもって、去り行く秋の足並みにせわしさが増していく。小春日和の心地よさの向こうから抜かりなくこち

らをうかがう冬の斥候たちも、日に日に大胆になってくる。朝晩の限られたときにのみちらりと感じられたその気配にも、この頃になると遠慮がなくなる。臆病さが抜けていき、大胆になる。時にはすぐ傍《そば》まで寄ってきてこちらの足下や首筋にいたずらをする。そして、冷やりとしたそれに身震いし驚くその反応を見、意地の悪いクスクス笑いをもらしている。

喩《たと》えは適切ではないが、今日という日が地所だとしよう。地所ならば、そこの権利は冬の手に渡っている。そんな具合に秋はすでに昨日への引越しを済まそうとしている。あとはいつ、そちらへ移るかだけなのだ。それなのに私たちといったら未練がましく、できればもう少しここにいてちょうだい、と秋へ媚《こび》を売ってばかりいる。

＊　＊

個性の強《あく》い夏と冬に挟まれている為、私たちが思い描く秋らしい日と出会えることは意外と少ないのではないか。

たとえば紅葉にしてもそうだ。京都の場合、十一月末から十二月に掛けての頃が一番美しいと私は思う。冷え込みのギアがファーストからセカンドに入った辺りだろう。この辺りでは、寒さにもまだ温情がある。というよりも、生まれたばかりの寒さゆえの初々しさがある。だからまだ自分の〝力〟がどれほどのものか判然としていないふうだ。

そんな戸惑いを感じてか、紅葉する木々にも安心感がある。早朝、多少なりとも霜をまとっても気にしない。かえってその色合いに照りが加わると喜んでいる。余裕がある。ゆったりと構えている。そんな油断しているところにざわざわと最初の強烈な底冷えがやってくる。そうなると、去り行く秋を漫然と見送りつつ怠惰な日を送っていた葉から順に、半年間お世話になった梢とお別れするのは自明の理である。勿論、暫くは散り落ちた場所でもその朽葉色に磨きを掛け、未だ梢にとどまっている仲間たちに向かって「こちらの居心地もなかなかのものだよ」と手招きをしたりする。道連れを求めているかのようで面白い。

＊　　＊

ところで感覚的にもう今年も終わりだと強く感じるのはいつかというと、私の場合は南座に顔見世の招きが上がるその日からである。

忙しいので滅多と観劇することはない。それでも興味はある。その年の演目の記事が新聞に掲載される秋口から、どことはなしにカウントダウンのことが脳裏をよぎるのだが、まあそれも瞬時。やはり南座界隈、即ち祇園街の華やぎが増すのはこの顔見世である。

春の都踊りもにぎわうが、あれは芸妓・舞妓たちにとっては自分たちが舞台に上がらなくてはならないわけだから、やはりどことなく街中に緊張感が漂っている。それが顔見世の場合、彼女たちはそれこそ総見で出かけたり、贔屓筋に連れられての観劇があったりで、つまり客側にいられる。そのことについて訊ねたことはないが、芝居について話すとき、異口同音、普段には出てこない感情の起伏が見て取れる。女の本音が見え隠れする。実にたおやかである。

＊　　＊

季節が上手に渡るところにこの国の美しさがある。暑さ寒さを身近なものにしてこそそれを実感できるのだ。とはいえ悲しいかな、エアコンで季節を遮断するような生き方を当たり前にしてきた都会人には理論としてしかわからないだろう。

さてそんなことはさておいて、年末から年始へはほんの一跨ぎ。あれよあれよという間に日差しが弱まる。夜は遠慮会釈なく昼を貪《むさぼ》り喰う。そして置き忘れられた手鏡のような静けさが増すうちに今日は昨日へ、今年は去年へとその呼称を取り替えていく。そのはかなさが冬の味わいをより深めているのだ、なんて認《したた》めれば、些か気取り過ぎと叱られるだろうか。

服に惑いて

《ちょい悪》、というスタイルが好《よ》いらしい。少し前から耳にしてはいたが、所謂《いわゆる》、やんちゃな中年、を指すのだろう。それも五十歳以上でなくてはならないようだ。つまり私の世代である。

私は五十一歳である。

立派な中年である。

紛《まが》うことなきオジサンである。

同義語的なものにオヤヂという語がある。しかし、それには些か承服し難い響きがある。

オジサンとオヤヂの間にどのような因果関係があるか判然としない。ひょっとすると顔を合わせたことがない遠縁の人との間柄のようなものか。他人同然だけれども縁戚、というのは、存外胡散臭《うさん》くなる。油断大敵である。だから昔から耳に馴染んだオジサンの方は許せるが、時に剣呑《けんのん》な存在になりかねぬオヤヂという語に対してついつい身構えてしまうのも致し方ない。これも自己防衛本能の成せる業なのである。

＊　＊

ここでお洒落について暫く認《したた》めてみる。

私の場合、ＶＡＮとの出会いが最初だった。ＶＡＮの服はやや細身にできていた。綿パン（懐かしい言葉……）などアタリメの如くスラリとしたシルエットであった。体育会の連中が、日に日に膨《ふく》れつつあるその身体《ボディ》をそこに必死に押し込めている姿が懐かしい。がっちりした男だからこそ、細身にコーディネートした姿が似合う。はちきれそうな性《さが》を押さえ込んでいるような若さが感じられる。ところがやせっぽっちだとこうはいかない。

私は細かった。パンツのシルエット以上に痩せていた。怪我をしてやめるまで、一応運動部にいた。それでいて不随意筋体質だったため、太くなれなかった。そんなひょろりとしたのがＶＡＮを着ても似合うわけがない。中途半端なのである。

それでもお洒落をしたい年頃である。その頃、ＶＡＮに対抗し、ＪＵＮというブランドが出てきた。俗にヨーロピアンと称されるやつだ。ウエストの絞り込まれたシャツや裾が広がったパンタロンなど、細さを美しく見せてくれるように思えた。それは当然、他人から美しく見えるかどうかは別として、ともかく私の体型に適していた。しかしやはりひ弱いイメージである。見る人になよっとした印象を与える。髪の毛も短かったり、更には七三わけなんかだとそぐわない。だからヨーロピアンをまとう連中はたいてい長髪だった。そんなことでますます中性的な香りが強まっていく。

＊　＊

アイビーとヨーロピアンの次はニュートラ、そしてサーファーへ。こんなふうにトレンドが移っていくうちに青い時代は過ぎ行き、私の学生時代は終わった。洋服も無難なものを選ぶようになり、若い頃には縁もなかった二日酔いに年齢を感じ、早晨《そうしん》一人で溜息をついたりする。そんな具合に十年ばかり経った頃、突如ソフトスーツ（こ

れはもう完璧な死語）という、今でもその筋系に愛好者のおられるスタイルが登場した。この頃には、以前のやせっぽっちは今何処《いずこ》、というぐらい緩《ゆる》んだ体つきになっていた私ゆえ、勿怪《もっけ》の幸いと飛びついたのは言うまでもない。そのように体型の変動に振り回され続けた五十年だったが、ここに来て、そのちょい悪なんてのが掻き回しにやってきたのが騒々しい。

＊　　＊

ちょい悪というスタイルに似た概念は以前からあった。ドレスダウンなんてのがそれだ。

シルクやブロードのシャツの前をはだけ、ジーンズを合わせる。それにジャケットをはおれば、懐かしのプレッピー。流行のブランドが違ったりするから十把《じっぱ》一絡《ひとから》げするわけにはいかないが、それでも私には似たもの同志に思えてならないのだ。アメリカンテイストのプレッピーに対し、ちょい悪はラテン系か。

たまたま昨秋、ＹＰＯという会の国際大会が京都で催された。そのフェアウェルディナーのドレスコードが難しかった。〝ブラック・オン・ブラック・カジュアル〟。親友から「黒は喪服とタキシードしか持ってないけど、どうしよう？」と悲嘆に暮れたメールが届いたりし、同様の私ゆえ、これには実に悩まされた。結局、ブラックブルゾンにピンオックスのシャツ、ブラックジーンズにブーツの出で立ちに決定。

その六百名の参加者中、五百名が外国からの会員だった。やはり彼らはそつがない。上手に着崩している。それに対し、ホスト側の日本人の少なからぬ面子にコーディネートに悩んだ気配が見て取れた。ゆったりしていない。落ち着きがない。キョロキョロしている。《となりのトトロ》に出てくる〝まっくろくろすけ〟大集合状態である。

・・・ちょい悪を気取ってみても中身はそのままオジサンである。やっぱりこういうスタイルというのは一般人には縁遠いもののようだ。それだからこそ我等衆愚は皆、ちょい悪なるスタイルがなんとなく気になるのかしらん。

うつらうつらと春到来

眠り呆《ほう》けている耳元で目覚まし時計のベルがけたたましく鳴る。鳴り続ける。それですっきり起きられる輩《やから》が羨ましい。

斯く言う私だってちゃんと起きますよ。仕事があるのだから、当然ですね。しかし、起きるのと目覚めるのとでは、そこに若干の違いがある。

＊　　＊

私は寝つきが悪い。赤子の頃からそうだったと聞く。眠い眠いと愚図るのになかなか寝ない。だから随分迷惑をかけたようだ。二年後に弟が生まれた。これまた寝つきの悪いのだったらどうしようかと母は戦々恐々だったらしいが、その弟ときたら起きていても寝ているような穏やかな子だったので、皆はたいそう喜んだとか。

長じても私の寝つきの悪さは折り紙つきだった。その上、そこに不眠が加わったから余計に厄介になった。

適当に朝寝をしていた学生時分はまだ取り返しが効いたが、社会人となるとそうはいかない。早起きしなくてはならないから、酷いときなど三日で睡眠時間が三時間弱などという記憶もある。

五十歳を越えた今日では、少なくとも眠気のやってくる時間はやたらと早くなった。夜も九時を回ると眠たくって仕方がない。動作も緩慢になってくる。子供に笑われるので「ともかくもう少し辛抱しよう」と頑張るのだけれども、九時半を回る頃には目線は寝床に張り付いて動かなくなる。そうして誰よりも速く布団に潜り込むのだが、それからが時間が掛かる。子供の頃のままである。身体は睡眠を要求しているのに頭だけが冴え渡る。この頭ときたら大切な昼間はシャッターを下ろした商店街のような佇まいなのに今頃になって働き出す。深夜喫茶みたいではないか。そうしてシーツの冷たい部分を探して輾転反側《てんてんはんそく》・右左。気付けば既に日付が変わっている。

＊　＊

その明け方まで珍しく穏やかな眠りを引っ張ってきたとする。そこに目覚ましが鳴る。起きなくてはならない。起きなくてはならないのだが、具合よく寝ていただけになんとなくムカつく。まだ瞼《まぶた》に力が入らないし、心なしか全身の筋肉も弛緩《しかん》したままである。筋肉がそうなのだから、それが贅肉へと姿を変えた部分ともなれば、さながらゼラチン状態である。そこをなんとか布団に身を起こしても、両肩に力が入らない。足の裏の火照《ほて》りもそこで留《とど》まっている。だんだん場違いな悔しさを感じ始める。余計に機嫌が悪くなる。少なくともこれから一時間ばかし、剣呑《けんのん》な気分でいるのは間違いない。だから、忌々《いまいま》しい目覚ましを手に取り、睨み付けることとなる。それでいて、その時計を放り投げる勇気は出てこず、中っ腹のまま洗面所に向かうこととなる。超不眠症の小生の眠りが唯一深めになるこの時節、殊《こと》の外《ほか》、夜明けの来るのが恨めしい。

＊　　＊

暦《こよみ》に啓蟄《けいちつ》と書かれているからといって、虫のみならず森羅万象・有象無象が春の気配に浮かれ踊るというわけではない。啓蟄などの二十四節気は〝その日を境にこうしなさい〟という条例のような四角四面なものではない。〝お気づきでしょうが、そろそろ準備をされたら如何かしら〟なんていうふうだ。だから心の内で身構えることはない。

そろそろ虫たちも目覚める頃なんだなぁ、と窓外に春の気配を探す休日の朝は心安らぐものである。三寒四温のこの時節独特のもやった陽光が手招きしてくれているが、あいにく私は花粉症。外に出るにはまだ時期尚早。そこでのんびり本を読んだりCDを聴いたりして終日身体を休めることにする。朝はともかく、月を跨《また》ぎまだ居座っている寒気も昼前には身を潜めだす。

そうして、日一日と夕方が長くなっていく。取り立てて春という季節が好きなわけではないが、それでも薄暮時が回復してくるのには和まされる。時間を得したような

気がするのだ。

なんとなく心の中のゆとりが広がったように感じるこの候は、宵の酒も一層好ましい。つい先日までは骨にまとわりついた寒気を退散させるためピッチを上げて飲んでいた酒だったが、この辺りから杯を傾けるペースも少しばかりゆるりとなってきた。

私の晩酌には清酒が好《よ》い。辛口でさらさらしたものを愛飲している。「さても今宵は飲みましょうぞ」となると、まず胴が細く背丈のある徳利に酒を移す。それを長火鉢の銅壺《どうこ》で燗をつける。肴は刺身ならば白身よりは背の青い魚が嬉しい。鮒鮓《ふなずし》などの臭いのきつい珍味も好物である。時に炭火に掛けた網で海苔やからすみを炙《あぶ》ったりする。それもまた一興だ。そうして適量と思える酒を摂取した夜の寝つきはさすがに早い。この効用、実に有難し。まさしく春眠暁を覚えずなのだ。これで翌朝の宿酔《ふつかよ》いさえ無ければ言うことなしなんだが、それも浮世の常であるのがなんとも恨めしい。

おいしいお酒

五十路を越えてから、特に清酒との相性がよくなった。相思相愛、というようなものではない。あくまでこちらからの一方通行。所謂《いわゆる》、偏愛、というやつだろうか。ともかくこれが旨くて美味くてたまらないのである。

＊　＊

昔から酒は好きだった。酒の話題になり、それが好きだと話すと、すぐにその〝のんべえ〟の度合いに話題が振られてしまう。即ち、強いかどうかということである。「さぞかしおつよいのでしょうね」なんて具合に問われると、ううむ、これがまた返事に窮してしまうのだ。

＊　　＊

私は下戸だった。完全無欠の下戸というのではないが、それでも弱かった。ビールと水割りがせいぜいで、すぐ真っ赤になっていた。

ところで学生生活を終え、仕事をするようになると付き合い酒の機会が増える。どうしても腰を据えて飲まなくてはならぬ場が増えてくる。逃げられない。寝つきが悪い割に早くから眠くなる質だったから、夜が更けるにつれ動作が鈍くなる。ただでさえ動作が鈍くなるのに加え、アルコールが入るのだから、これはもう致命的だ。グラス片手にうつらうつらするのが毎度のことだった。

しかし慣れというのは恐ろしい。そんなことを繰り返すうちになんだか耐久力がついてきたのだ。そしてそれが適応力へと変わり、遂にはある時期、矢でも鉄砲でも持って来い、ならぬ、麦でも米でも（酒なら）何でも持って来い、というぐらいテが上がってしまったのである。

あ、この文章は些か粉飾もの。実は葡萄でできた酒だけはどうしても駄目だった。

ワインやブランデーを摂取すると、ごく少量でも身体が痒くなったり脳味噌が水に浮いたかのような感覚に陥ったりする。口に含むと味わい深いとは思うのだが、せいぜいグラス一杯か。これは今でもそうである。だから体質の問題なのだと諦めている。

＊　　＊

清酒との相性に進展が見られたのは四十歳を過ぎた辺りからだろうか。それまでも嫌いではなかった。

祖父は晩酌を燗酒で楽しむ人だった、国焼きの徳利と大振りな猪口（ぐい飲みと言ってもよいサイズだった）で、毎晩二〜三合の熱燗を楽しんでいた。一年を通じ、その姿に変わりはなかった。この祖父は常に着物の人だった。洋服姿を見た記憶がない。夏などムンムンする中、浴衣の袖をまくり上げ、大汗を拭いながら熱い酒に目を細めていた。それが実にさまになっているのだ。

茶の間の祖父の傍らには長火鉢が据えてある。さすがに夏場は別として、それ以外の季節ではその火鉢に網を乗せ、酒粕やカラスミを炙ったりする。時にはオカキを焼

きなおし、私と弟に与えてくれたりもした。また、夕方に到来した〝I〟の鯖寿司を食べ切れなかった時などは、翌日の昼に金網で焼き目を付けたものがお菜《かず》に加わる。これが実に香ばしい。バッテラのように鯖の身が薄いものだと按配よくならないのだが、ともかくなんとも病み付きになる味なのだ。

さて、そんな祖父の膝に乗っかっていることが多かったため、私は子供の頃から晩酌のある情景に馴染んでいたのだろう。だから清酒を口にするのに何の抵抗もなかった。下戸に近かった時代でも、日本人たるもの清酒を飲むのは当たり前、のように思っていた。そうして今の私がいる。

＊　＊

どんなところで酒を飲むのが好きかと問われるならば、これはもう鮨屋が第一である。たまたま、家に誰もいず、夕飯が一人の時で、尚且つ早寝したい際は鮨屋に行く。誰にも声を掛けない。独りで出かける。

そんな時、気心の知れた店が一軒ある。我が家とは三代に亘って付き合いのある店だ。凝った料理めいたものは出さない。肴にしてくれるのは、せいぜい鮨種をちょっと工夫した程度のものである。実にシンプルで好い。

カウンターの一番端が空《あ》いていればそこに座り、ビールを一杯。町並みにコンクリートの建物が増え舗装道路ばかりになったせいか、人の乾燥度も進んでいるように思えてならない。そんな渇きを、ともかくグラス一杯のビールで癒し、それからは気の利いた肴を燗酒と共に堪能する。背の青い魚が好物なので大体その辺りを中心に切ってもらい、間に気の利いたつまみを愛でつつ、ゆるゆると飲む。酒でも肴でも、出されたものはすぐにいただいてしまうから、だいたい三合で羽化登仙《うかとうせん》。あとは、温泉に浸かったようにゆったりとした面持ちで布団にまっしぐら。

そうそう、大切なことを忘れていた。ここの常連には、どこかで拾ってきた薀蓄《うんちく》を声高《こわだか》に披露する愚かでハシタナイ輩《やから》がいないのがよろしい。そうした雰囲気も実は、この鮨屋の秀れた味わいとなっているのだ。ところで名前は内緒。悪しからず。

身だしなみ

「いつも着物ですか」と訊ねられることが少なくない。それで「いいえ」と答えると、意外そうな顔をなさる方が大半だ。こういう家に生まれ、こういう立場にいる人間を見れば、認《したた》めたようなリアクションが出てくるのは至極当然だろうか。勿論、着物に袖を通すことは多い。とはいえ、二六時中というわけではない。年祝いだったかに送られた背広を一度着た以外は、生涯着物姿だった祖父のようにはいかないのだ。

＊　　＊

行事や稽古など、茶席へ出るときは着物である。そうでないときは作務衣が多い。春秋物と薄手の夏物、厳寒期用に厚手の物の三種を着まわしている。墨やウルシを扱ったり、道具蔵に入り込んだり、汚れやすい仕事もかなりあるので、作務衣の存在は実に有難い。

明治生まれの祖父の場合、筆を取ったり道具を扱ったりする際は、筒っぽの着物だった。また普段穿きの袴は、足首に向かって細くなっていく道中袴を穿くこともあったようだ。近頃それに似たスタイルの着物の広告を目にすることがある。些か派手めで〝着物版ちょい悪風〟なところが気になるが、こういうものを手がかりに和装業界が振興するのならば、それはそれで良しとしなくてはならないか。

＊　＊

さて、その作務衣。

これは作業着である。作業着だから色が濃い。汚れが目立たぬように藍とか黒が主色になっている。着続けてもむさくるしくないことを第一に生まれてきた衣服なのである。

ところが近頃、その概念に無頓着な輩が目に付いてきた。

例えば料理人。

カウンターで作務衣姿で包丁を握る板前がいる。作務衣と言っても勿論清潔なものなのだろう。そうでなくては料理人とは言えない。しかし、先述したように作務衣は作業着である。汚れ仕事を主眼としているのに変わりはない。

伝統的に調理人は白を身に纏《まと》う。それに洋の東西はない。なぜ白を着るのか。どうして割烹着は白なのか。それは汚れがないことを客に示し、常に清潔を心がけていなくてはならぬことを料理人自身が己に戒めている証である。汚すのを恐れるのではない。調理の途中で少しでも汚れたら、直ちに着替える目安になる。白は調理に携わる人の覚悟を表す色なのだろう。

若い頃ラディカルだった反動か、近頃の私はかなり保守的になってきたらしい。だから、この作務衣の料理人に対しても必要以上の反応を示しているかもしれない。とはいえ、こんなふうに考えるとますますこだわってしまうのだ。もし、主治医が白衣の代わりに〝黒衣〟で診療していたらどうなるか、と。

白衣だからこそ、清潔感がある。医者もそうだが、特に注射や点滴などの実質的治療に関わる看護師が黒を着て出てきたら、どんなに腕の良い人だと知っていても不気味だ。黒衣が部分的にごわついていたりすると、多量の血痕では、なんて思ってしまいそうだ。それこそ、スティーヴン・キングなんかのモダンホラーの世界である。

＊　＊

心理学を専攻していた関係で、大学時代は白衣を着る機会が多かった。ネズミ相手の実験に差し障らなければよいわけで、めったと洗濯なんかはしなかったが、それでもその姿で外に出ることは憚《はばか》られた。地下にある研究室の臭いが染み付いているかに思えたのがその理由である。今の世は聴覚・視覚のみならず嗅覚にも無頓着になりつつあるようだ。時折、あの頃のネズミの方がまだマシに思える複雑怪奇な香水の臭いを引き摺りながら闊歩している人もいる。

＊　＊

これが自分のトレードマークだ、と言って作務衣姿で公の場に出てくる輩も目立ってきた。画家や陶芸家なんかにいる。そのままの姿でパーティーに出席し、飲み食いしたりしている。本人はそうでもないのだろうが、周りは結構気になるのではないだろうか。ドレスコードなんてものは確かに鬱陶しい。鬱陶しいけれど、それがあるから一人だけ浮いているという羽目に陥らないのだ。そう考えると鬱陶しさも半減する。服装も自己表現と突っぱねられればそれまでだ。しかし、大勢が集う場などでは、招く側のみならず、参席する側にもある程度の配慮があってしかるべきだ。それができてこその大人なのである。

＊　＊

自分に対し許すことでも、それを他人がしでかした場合には厳しい目を向ける。それに加え、何につけ軽い乗りで接することが許されてしまう忌まわしい風潮が蔓延《はびこ》ってきた。作務衣の話からどんどん飛躍してきたが、なに、蟻の穴一つと見過ごしているうちに堤防が決壊するのは寓話ではない。社会の中心世代である五十代の私たち一人ひとりが己の身体を張って穴を塞ぐか、それとも穴を開ける側に回るかで、未来の姿が大なり小なり左右されることだけは間違いないのである。

花に惑いて

別に京都だけがそうだと断定する気はないが、それにしてもこの地の晩春は美しい。心和む佇まいである。

山紫水明、との語がある。地球温暖化が大きな問題として私達に圧《の》し掛かってきている時だけに、そこに間延びした響きを感じ取る向きもあるかもしれぬ。しかし、ちょっと口に出していただけないだろうか、山紫水明と。どうです、素敵な響きを持っているでしょう。うっとりしませんか。環境破壊が当たり前の今日《こんにち》だからこそ、この文言の内に含まれる桃源郷の如き淡い味わいが、ひときわ魅力的に感じられるのではないだろうか。

＊　　＊

それにしても、毎年のことながらこの時期の移ろいの早さには息をつく暇もない。瞬《まばた》きする間に日差しが、新緑が濃厚になっている。

晩春とは〝春の黄昏《たそがれ》〟のことである。

春の黄昏とは些《いささ》か物悲しい。物悲しいがその先にあるものは初夏だ。春の幕が下りんとするその向こうでは初夏がその身支度を終え、開演のベルを待つばかりとなっている。そうなると、冬の間は意地悪い寒風が百千鳥《ももちどり》のごとく行き乱れるため剣呑な京都の大路小路《おおみちこみち》も、どことなく浮《うわ》つきだす。そしてその気配が今年もツバメを呼び戻し、たちまち辺りは喧《かまびす》しくなる。湿り気を増した空気を、軒先を掠《かす》めて右往左往する燕尾が切り裂いていく。

＊　＊

絢爛豪華なソメイヨシノも四月の半ばにはさすがにその勢いを弱め、それを先途《せんど》とウォームアップを終えた初夏の花たちが遠近《おちこち》で顔を覗かせ始める。

桜が盛りの間はそれにばかり目をやるせいでつい見落としがちになるけれども、たとえばハナミズキやウツギなんか控えめな色気があって好ましい。私はソメイヨシノのようなオーラを放つ花をやたらと珍重しない質《たち》だ。そんなわけで、華奢だったり、またはそれとは正反対にあるモクレンのように無骨なものが余計と目に留まるのだろうか。

＊　＊

ソメイヨシノが嫌いなわけではない。実に美しいと思う。日本を代表する花であるのを認めるに吝《やぶさ》かでない。

北大路橋や北山橋から、その堤に整然と咲くソメイヨシノを見るのは好きだ。山間《やまあい》を縫って走る列車の窓越しに、若緑の混じり始めた裡《うち》から浮き上がるようなそれを眺めるのも心地良い。

我が家の前にある古木《こぼく》も〝はんなり〟している。花の時期には見物に来る人が結構いるので、ひょっとするとこの界隈では特筆すべきものなのかもしれない。気紛れな風の一渡《ひとわた》りごと、その齢を経た枝とじゃれあう柳との取り合わせは、そこに目をやるたび、特に気分を和ませてくれるのだ。

　だからソメイヨシノのことは嫌いじゃない。どういう表現が適切なのか思い浮かばないが、敢えて記すならば「私には分不相応な相手」という感情だろうか。対極に存在するもの、なんてふうなのかもしれない。実際にはパステルカラー調のこのソメイヨシノだが、時に見事な一本に出会うと、何故か油絵の大作の前に立っているような気分になる。そうなると、ますます及び腰になってしまうのである。

＊　＊

　山桜にはぼんやりとした親近感を感じる。花と葉が一緒に出てくるところが気取っていない。庶民的だ。その花を見るとき、ハッと息を呑むような感じが山桜には皆無だ。なんとなく目をやり、それで得心する、といった程度なのだ。あって当たり前なのである。だから誰もがしゃちほこばらない。花見をする際も身構えることがない。気さくである。臆病な私にはそんなところ全てが適《かな》っている。

　とはいえ、山桜は弱々しい花ではない。芯の強さが感じられる。受身になった強さがある。典型的な日本女性タイプである。そして、それは今の世では滅多にお目にかかれなくなった希少なタイプなのでもある。

＊
＊

全部がそうだというのではない。あくまで一部なのだが、近頃の女性から麗《うるわ》しさが欠けてきたと感じる場合がある。彼女達に共通するのは、奥ゆかしさが感じられないということだ。どこか蓮《はす》っ葉《ぱ》である。力強さは出てきた。しかし、中には女性としての力強さと男性のそれとを取り違えたのではないかと思える人に出会《でくわ》すこともある。男の持つ醜い傲慢さをそのままコピーしたかのように振る舞う姿を目にするのは心淋しい。そんな人がいくら外面を取り繕っても、そこには女性としての香りは感じられない。ひとしきり息巻いたあと、徐《おもむろ》にファンデーションなど鼻に叩《はた》いている同世代の女《ひと》を見たりするが、いやはやなんとも滑稽だ。

ソメイヨシノと山桜、それぞれ育ち方に違いはあってもどちらもありのままだ。背伸びしていない。私達はその〝飾らぬ様《さま》〟を愛《め》でるのだろう。だから、その有様《ありさま》に対する好みは分かれても、所謂《いわゆる》嫌悪感は湧いてこない。ちょい悪スタイルに目くじら立てるつもりはないけれど、それでも町に溢れる造花もどきのオジサンオバサン、なんとかならぬものか。

シークレット・マップ

温《ぬる》い風が梢をわさわさと揺すり、雨を運んでくる。雲から搾り出されてきたような雨だ。雨粒の到来に間合いがある。切れ目がある。途切れ途切れの雨脚だ。だから視界が悪くならない。向こう側の景色の邪魔をしない。被写界深度を深くした写真の如くあちらもこちらも鮮明だ。天然のハイビジョンなのである。

五月のとば口には未だ和毛《にこげ》のように初々しかった新緑も、梅雨に向けての一雨ごとにふてぶてしくなっていく。白みがかった葉の色もたちどころに脂ぎり、取り巻く常緑樹の佇まいには我関せずの姿勢を貫いている。人間で言うならば中学生から高校生、といった辺りだろう。否、トッチャンボウヤに寛容な今の世だから三十路過ぎといってもよろしいか。

それはともかく、葉に受けた露をぶるんと跳ね飛ばし、そこにたっぷりと日の光を

ER TEEKONTOR
KRUTKRAMER
Crayenkamp-HH
Friesische

抱え込む新緑たちも、もうすぐ大人の仲間入りをする。長雨に打たれ、じっと辛抱することを経験し、葉叢《はむら》は落ち着きを取り戻す。

＊　＊

祇園祭が近づいてきた。このところ頻繁に京都の特集が雑誌に載る。だから、この季節にはそういった類のものが結構目に付くだろう。

宵山から山鉾巡行に合わせ、それは大勢の観光客が入洛する。繁華街では祇園囃子が流れ、鉾町でも様々な催しが行われる。昨年まで小生が館長を務めていた京都芸術センターも、鉾町にある関係でこの期間は周囲を夜店に取り巻かれ、実に長閑《のどか》な風情を醸し出している。京都にはいろいろな行事があるが、町を挙げて祭りモードになるのはこの〝祇園さん〟の時期だけかもしれない。

＊　＊

さて、昨今の京都ブームというのは事実のようだ。

今まで観光客を殆ど目にしなかった場所があるとする。町のつくりが碁盤の目ということで旅行者にも解りやすいと記されがちの京都だが、実はかなり入り組んでいる。路地が多いので方向感覚を失いやすい。町中を少し離れた辺りに行けばそれが顕著である。だから古刹があっても人気《ひとけ》がない。ひっそりしている。ところがそういった場所でもガイドブック片手の観光客の姿を見かけるようになってきた。「迷子になった結果そこに至った」という人もいるかもしれない。

それにしても、良い方向に迷い込んだものだ、そんなふうに私は妙な感心をする。それも〝縁《えにし》〟なのである。人間同士の思わぬ出会い同様、〝運命《さだめ》〟なのである。そうやって結ばれた所が、たまたま私が内緒にしているお気に入りのスポットだったとしようじゃないか。となると、そこで見かける旅行者に対して「得しましたね」と声を掛けたくなってしまうその心情をご理解いただきたい。

＊　　　＊

決して偉ぶる気はないが、ともかく忙しい。好きな自転車に乗る時間がなかなか取れなくなってきた。以前だと隙を見ては愛車を駆り、この町のあちらこちらへと出かけたものだ。目的地は決めない。東西南北のどこに向かうか、せいぜいそれを定める程度だ。我が家は御所の北西にあるので南に向かうと繁華街にぶつかることになる。人混みは苦手だ。だから滅多にそっち方面には行かなかった。走り出しは賀茂川に沿って北に上っていくコースを取ることが多い。それでその日の気分により漠然とした行程を定める。

深泥池《みどろがいけ》から岩倉を経て、そこから進路を東に取り比叡山麓に行くか。そのまま南下すれば繁華街と距離を置きながら岡崎方面に向かうことができる。

好天無風、更にこちらの体力気力が充実していれば賀茂川沿いに雲ヶ畑、岩屋不動へと北上するか。但しこれは実にシンドイ。だらだら上りが続くので、足がガクガクになる。四十歳以降十二年、彼の地への自転車行は絶えている。情けない。

西賀茂から鷹峯《たかがみね》を通過し、余力があれば北嵯峨辺りまで足を延ばすか。しかしシーズンともなるとこちら方面は車両が溢れ、その排気ガスで胸を患いそうな恐怖感に襲われる。それゆえ光悦寺の近所から引き返してくることが多くなった。

自転車に乗るのが好きな理由と問われるならば、ふと気になったスポットで下車し、それにより土地との縁が深まっていくところにある。そしてそんなことを繰り返すうち、自分だけの地図が出来上がっていく。二つとない私の宝物である。

＊　＊

見知らぬ土地へ旅するとき、事前にあれもこれもと学ぶ必要はない。そこに着いてから、見たり聞いたり知り得たことを収納するスペースを空けておけばそれでよい。旅する人よ、その脳味噌を事前情報でパンパンに膨れ上がらせてしまっていては、何かを取り込もうと思っても二進《にっち》も三進《さっち》もいきませんぞ。

別腹談義

「甘いものは別腹」という言葉を耳にする。どれぐらい以前から使われていたフレーズかは判らない。それでもその響きに馴染んでいることから鑑《かんが》みて、昨日今日のぽっと出の文言ではなさそうだ。私の家族内でも頻繁に耳にする。外食などをした際、女性陣を中心に「お食後は別腹」と楽しそうだ。嬉々としてデザートに取り組んでいる。

この〝お食後〟と私との縁は薄い。思えば、私は子供の頃から辛党だった。お八つとなると煎餅類。無ければ酢昆布をしゃぶる。それも無ければ塩昆布。その匂いで食べたことがすぐ発覚するサキイカ。さすがに漬物に手を伸ばすことはしなかった。

こうして列挙してみると、我ながら気恥ずかしい。少なからず異様である。凡《およ》そ子供っぽくない。居酒屋メニューに近い。行間から加齢臭が立ち上ってくる。

ともかく、しょっぱいものが好きだった。だから目の前に甘いお菓子類が出てきても、さして喜びはない。たまに甘いものが欲しくなっても、それは煎餅などをいただいた後の口直し程度の意味からである。せいぜいカスタードクリーム入りのエクレアか漉し餡の饅頭など、シンプルなものを口にする程度だった。それで残ったものはというと、私と正反対に超甘党だった弟に任せっきりとなる。ということで弟は肥満体。私は鶴のような痩身。両極端の兄弟だったのである。

と書き連ねてきたが、実はこの私、甘いものの大方が駄目でもチョコレートにだけは目が無かった。エクレアは食べられたというのも、おそらくそのチョコレートに惹かれてのことだと思われる。だから駄菓子屋へ行くとチョコレートを買い求めることも多かった。そこでは、板状のものよりも所謂《いわゆる》チューブチョコを選ぶほうが多かった。味や舌触りよりも、食べきるまで長持ちするので好きだったのだが、ある日忽然とその姿を消してしまった。ずいぶん悲しかったのを覚えている。

まあ、だいたい昭和の三十年代である。そんな上等な〝スイーツ〟なんてもの自体ありゃしない。東京辺りではあったかもしれないが、こちらには滅多と流れてこなかったのではなかろうか。私が辛口になったのと、その当時の食品流通事情との間にはなんら関係はないはずですがね。

＊　＊

さて、私にだって別腹めいたものはある。お食後という意味ではないが、ビールがそうだった。何につけてもビールが無くては始まらなかった。座敷でもカクテルパーティーでも、どこか気取った晩餐会なんかでも、先ずはビール、である。食事中もビールである。

スープでも魚料理でも肉料理でもビール。

会席コースでも鮨でも鍋でもビール。

広東料理でも四川料理でも（食べたことはないが、おそらく満漢全席とやらでも）ビール。

さすがに食後は別の飲み物にしたりもするが、そういう状態では仮令《たとい》甘党の人であってもタプタプの胃袋に別腹は無いだろう。

一生分を飲んでしまったのだろうか、近頃ではビールは乾杯のグラス半分で充分になってしまった。それでもこの蒸し暑い京都の夏を過ごすのにおいしいビールは欠かせない。

＊　＊

北野天満宮のすぐ傍《かたわ》らに上七軒《かみしちけん》という花街《かがい》がある。室町時代、天満宮を修造した際に使われた残木を用いて建てられた七軒の茶屋がその始まりだそうな。だから最も歴史のある花街なのだろう。

祇園や先斗町と違い、ここは中心地から離れていることで常にひっそりとした町並みを保っている。ひっそりというと息を潜めているように思う読者もいるかもしれない。それならば静謐《せいひつ》、と認《したた》めればお分かりいただけようか。その道筋はまっすぐ天神さんの東門に繋がっていて、辻のあちこちから昔の香りが漂ってくるようだ。一見さんお断りの屋形が大半だが、それでもこの盛夏のふた月は些《いささ》かなりともその様相を和らいだものにする。歌舞練場の庭にビアガーデンが設けられるのだ。その期間、芸妓舞妓が入れ代わり立ち代わりで各席の接遇に当たる。花代は無し。即ちボランティアなのである。珍しい浴衣姿の彼女たちが、常連・旅行者とを隔てることなく相手に回ってきてくれる。

ここでは私でもまだまだビールが飲める。環境がよい。少々狭く、混みあいやすいのが難点といえば難点だが、それでも風抜けの邪魔をしない。大通りから離れているので排気ガス臭くない。騒音も耳に届いてこない。だから落ち着いて飲める。ということで生やハーフ&ハーフのジョッキをグビリとやり、北野名物の辛子豆腐で胃に気合を入れる。それが私の納涼だ。ついついいただきすぎた夜半、ビールでせり出し気味の鳩尾《みぞおち》辺りを撫で、「はてさて、この辺りに別腹とやらがまだあるような……」と薄らぼんやり考えるそのことも、納涼一会の後味として上物なのである。

マナーは何処…

老いも若きもイヤホン姿で歩く。そんなに音聲《おんじょう》が邪魔なのか。見るものを見、聞くものは聞かなければ生きていないのと同じじゃないか。そんな人にとって、社会の鼓動は止まっている。死んだ世界を漂っている。

＊　＊

他人と擦れ違う際、道を譲りそこない身体が触れそうになることがある。失敬、と小声をかけあう。たいていがそうだ。声を出しそこなっても目礼がある。それで済む。近頃ではそういった当たり前のマナーが疎《おろそ》かになってきた。若い人より中年が駄目だ。無視して通り過ぎていく。特に私の世代辺りがよろしくない。京都でいうなら町方、東京なら下町、そういった庶民的な場所に住んでいる人たちのほうが気配り上手だ。隣人との触れ合いを生活の一部として長く取り込んできたからなのだろう。

小金持ち、なんてのが横柄だ。年上の飲み友達である生麩屋さんのKさん曰く、「賀茂川とは上品な犬を連れた下品な婦人が散歩するところ」だそうな。山口瞳先生の『男性自身』にも載っていた話だ。だから知る人ぞ知る。初見の際、にんまりした。しかし、グラスを傾けながらそれを本人から聞かされると、その節回しと相俟《あいま》って余計におかしい。その指摘の堤は小生もよく自転車で走った辺りなのでよくわかる。そんな人達はのんびり走っているこちらを睨《にら》み、道の真ん中でうろうろする犬を退《の》かせてくれない。それが初中終《しょっちゅう》だった。それゆえ、なるほどと思われる。

＊　＊

イヤホン姿の人は好みの楽曲以外、何にも耳を傾けない。目を開いているが何も見ていないようだ。うつろである。だからなのか、他の人間の佇《たたず》まいに関心が薄いらしい。肩が当たっても、鞄が掠《かす》めても何事も無かったかのように通り過ぎる。立ち止まってその背中をねめつけたいが、そうやっている間にも次のイヤホン人間が迫ってくるのでうかうかしていられない。彼や彼女らにとっての私は、おそらく存在していないのだろう。そんな連中にとってのこの世は、至る所が便所の如き〝個室〟仕立てなのだろう。(ある意味、羨ましいような……)。

＊　　＊

マナーが悪くなった原因の一つには中途半端な西洋化がある。例えばお辞儀が軽んぜられてきたこと。学校は別として、どこでもやたらと握手している輩が目に付く。政治家はそれが票に結びつくから致し方ないのだろうが、一般人の場合、別に握手をしなくてもよい場面でも、そんなふうにしている。

何かの会に出かけたとする。レセプションといった大勢の場としようか。その会場の向こうで顔見知りがブラブラしている。ふと、こちらに気付いた。すると彼は満面の笑みで足を速め、近づいてくる。まだ十メートルも離れている。それなのに右手が突き出されだす。最初は腰の辺りに構えていたそれが、一歩ごとにゆるゆる上っていき、終《つい》には胸元からまっすぐ伸びる。なんだか己の手に引っ張られているかの如き姿である。それが強固な意志と共にまっしぐらに迫ってくるのだ。となると、こちらもその心に応えなくてはならない。だから早目に手を差し伸べ、多少なりとも歩を進めながら迎えうつ。しかし、これではまるで騎馬にまたがった昔の決闘みたいじゃないか。

*　*

握手をするようになってからマナーが悪くなった、とは言わない。握手は西洋のマナーなのだから、真摯な思いより生まれたものである。それを受け入れる日本人の心の持ち様が今ひとつ整理されていない。日本人といえば〝握手をしながら頭をぺこぺこ下げる〟などと揶揄されてきた。確かに握手しながら頭を下げるのは妙だ。お辞儀も握手も共に独立したマナーである。そのときの状況に合わせ、どちらかいっぽうだけで対応すればよい。屋上屋を重ねることは無い。

握手は自分の手を相手に委《ゆだ》ね、そのことで敵意が無いことを示している。お辞儀も同様である。大切な頭を下げ、そうすると当然視界を無くすことになるが、それによって相手を信頼している心を表すのだろう。

＊　　＊

握手好きな人は、お茶屋や料理屋などの座敷で居心地悪そうにしている。概《おおむ》ねお辞儀ができない。膝に手を突いたまま頭を下げる。そうでなければ、無理やり畳んだ太ももの横に手先をちょいと突きぺこりとする。何が正しい作法だとか強制する気はこれっぽっちもない。ただ、握手にしてもお辞儀にしてもお座なりにしないでほしい。〝内〟と〝外〟、それをいたずらに混ぜるのが国際化ではない。そのどちらをも知り、使い分けることが他国の文化を身近なものにする。それなき世でいったい何がボーダーレスなのか、ちゃんちゃら可笑しくってこんなきついことを認《したた》めてしまい、いやはや、己もマナーレスな秋の始まりである。

たかが朝飯、されど…

他人《ひと》がどんな朝食を摂《と》っているのか、気になってきた。昼御飯や晩御飯に対してはそうではない。朝に関してだけだ。

日の出とともに中華や韓式、さらにはエスニックなどを山盛り食する、という人は少数派だろう。第一に彼《か》の国々には何度となく出かけたが、運が悪いのか現地の食べ物をあまり旨いと思ったことがない。だからどうでもよい。私が興味を持つのは和食なのか洋食なのか、ということただ一点である。

＊　　＊

私の場合は圧倒的に洋食である。そう言うと、たいていの人が意外そうな顔をする。こういう家の生まれだって洋食でいいじゃないか、と思うのだが、中には夢が壊れたような面持ちになる人もいる。

我が家の茶の間は畳に長机。足元は冬には掘り炬燵にもなる。その横に置かれた長火鉢の鉄瓶が忙《せわ》しげに吹き上げる湯気で手を温《ぬく》めながら箸を取る。お膳の上には白飯。塗りの汁椀は小芋と大根千六本入り御御御付《おみおつ》け。軽く炙った鱈子に梅干し、焼き海苔。これに納豆、漬物でなんとも落ち着く風情が出来上がる。それでいて右のような献立は滅多とない。たいがい洋食である。

＊　＊

私の定番メニューというと、まずパン。食パンよりはホールホイートがよい。あればシュバルツブロートが一番。黒ければ黒いほど、パンの滋味は増してくる。ところがこれら本格的ドイツパンはなかなか手に入らない。私の探し方に難があるのか、この町にはフランス系のパン屋ばかりが目に付く。それが悲しい。ということで、腰が抜けたような歯ごたえの食パンをいただくことが多くなる。

さて、実はこの私、大のチーズ好き。香りのあるものを特に好む。というわけで毎朝、ロックフォールとミモレットで幸せ気分に浸っている。頼りない食パンもカリカリに焼き上げ、これら気合に満ちたチーズを乗っければなかなか乙《おつ》な味わいになってくれるのだ。

飲料は搾りたてのジュース。野菜と果物が適当に混ざっているものを一〇オンスのグラスに一杯。それとミネラルウォーター。

他には一皿盛りのお菜《かず》。卵料理。コンビーフとキャベツ炒めや、鶏ささ身とピーマン炒め。ポテトサラダとかスタッフドエッグなど変化球のときもあれば、ブロッコリーとカリフラワーの茹でたものなど、思わず腰が引けてしまうような献立もある。

以上が私の朝御飯基本形である。

＊　　＊

数えるばかりの和食の場合は、先に認《したた》めたような典型的献立以外に、例えば雑煮なんてこともある。白味噌雑煮は元旦だけなので、通常は澄《すま》し仕立てである。大根・人参の繊切りに鶏ささ身、焼き餅と海苔で、あっさりしている割に胆力が増すような味わいである。

私は腹持ちのよすぎる献立が不得手である。胃酸過多も影響しているのだろう。昔から〝一番エネルギーを必要とする朝食はたっぷりと〟と言われるが、お腹がくちくなると当然身体が重くなる。すると動きが鈍くなる。ごろりと腕枕でもしたくなる。そうなれば覚醒しかけていたのがまた眠くなる。本《もと》より胃の働きが尋常でない私だから、そんなことで、やはり満腹感の少ないパン食を選んでしまうのだろう。それでいて他所の朝御飯が「いったいなんぞや」とは、甚だ口卑《くちいや》しい。

＊　＊

生命の根源は土と水である。さらに生活をつむぐその恵みは、日本だと米である。それなのに私たち現代人の米作に対する扱いは些か疎《おろそ》かなのではないか。食糧流通の事情であれこれ振り回されるのも致し方ないかもしれないが、それにしても日本人を今日まで生かしてきたのは米なのだ。実りの秋とはいえ、稲穂を取り巻く環境は風雲急を告げている。

私が朝食の内容につきあれこれ訊《たず》ねるのは、朝餉《あさげ》の食卓からかなりの率で和食が駆逐されてきているとの現実を確かめたいからであり、更には、知人のどれ程が未だ米作に貢献しているか知りたいだけだからである。それで質問をするのだが、最も困る答えは「食べない」である。こちらは中身に興味がある。それなのに中身どころか器が無い。これでは話が進まないじゃないか。

〝私〟と夜と音楽と

以前の書斎には小さいながらもオーディオセットを設置していた。なに、たいしたものではない。自分で組み立てられる程度である。レコードプレーヤーにCD、カセットデッキ。後から取り付けたウーハー。それだけだ。マニア向けのすごいのの対極の存在である。当然、ケーブルなどがあてがいぶちで、ミミズよりも頼りない。

私は不器用だ。プラモデルなどを作っても、その出来栄えは外箱に描かれているイメージ画に程遠い。程遠いどころか、誤って全く別のキットが入っていたかのような有様になってしまう。その私でも組み立てられるような得難いオーディオセットなのである。

物心ついた頃よりずっと洋楽専門だった。その切っ掛けは、確かベラフォンテのカリプソだったと思う。そこからベンチャーズやビートルズに行き、高校時代はお定まりのロックへ。最初はマウンテンなどのハードロック専門だったのがいつしかプログレッシヴロックに移って行く。ＰＦＭやフォーカスのクラシカルな旋律に刺々しかった若い心も多少落ち着きを取り戻し、そうすると知らぬうちにジャズを聴くようになっていた。

＊　＊

ご承知かどうか、ジャズのレコードジャケットのデザインには見事なものが多い。時にはその中身の演奏が物足りなくともジャケットで人気を博すようなものまである。レーベルでいうならば、殊更〝ブルーノート〟の作品に秀作が多い。それに次ぐのは〝ベツレヘム〟だろうか。

＊　＊

そのデザインがラディカルなものでもコンサバなものでも、ジャケットを眺めているだけで陶然としてしまう。アートといってよい。

ということで、だからＬＰでなくてはならぬ。ターンテーブルの横に立てかけたジャケットに目をやりながら音に身を包まれている時間は至福のひと時なのである。

＊　＊

ＣＤだとこうはいかない。秀逸なデザインを楽しむには小さすぎる。見辛い。それを愛でるためには、わざわざ眼鏡を掛ける必要がある。実に面倒くさい。ディスクの出し入れは簡単だ。その点は認める。ＬＰのように指紋を付けないよう恐る恐る扱うということもない。ラックにしまう際、歪みが出ないよう注意する必要もない。音も原盤ならではのノイズを抑えてある。そこが些か器用貧乏である。存在感が希薄だ。それでいて今、聴くのはＣＤばかりなんだな。

＊　＊

間取りの都合で新しい書斎にオーディオを置くスペースが無くなった。どう工夫しても駄目である。そこで暫く仕舞い込んでいたCD専用デッキに再登場願うことにした。音自体は実によろしい。とはいえレコードは聴けない。ターンテーブルを置く場所を取れないので仕方無いが、やはり心寂しい。

小生、本の虫である。活字中毒者である。かなりの蔵書がある。その本も新しい書斎には入らない。それで書庫を地下に作った。

さすがに地下である。スペースに余裕ができる。それでレコードも移すことにした。以前は木製ラックだったのを、書架に合わせスチール製のものに切り替えた。だから底板の歪みによるＬＰの変形は避けられる。ただ、湿度のことが気になる。それ以上に、手元から離れた、という感はある。地下に行かなくては会えない。即ち、喪失感なのである。

＊　＊

何にせよ、ターンテーブルが消え、レコードも地下に仕舞い込まれてから音楽とも疎遠になってきた。それでも時折、無性に音の波に呑まれたくなる。そんな時は書斎に好

みのウイスキーボトルを持ち込む。砕いた氷の詰まったアイスペールにW社のソーダを盆にのせ、あればチーズなど少々。それから地下に降りると、レコードラックからお気に入りのLPを数枚引き出し、小脇に抱え書斎に戻る。それらを書き物机の向こうに立てかけ、傍らからそのCD盤を取り出し、セット完了。あとはLPジャケットを眺めながら良質の音に身を任す。ホレス・パーランとジョージ・タッカー、アル・ヘアウッドのブルージーなトリオを聴けば気分が満ちてくるし、緩々《ゆるゆる》していたい時はアニタ・オデイのボーカルやレスター・ヤングのテナーサックスの音色がぴったりくる。たまにビル・エヴァンスなんかもかけるが、何度試しても性《しょう》に合わない。リリカルすぎて悲しくなる。どうも芸術家は苦手だ。だからか、彼の鍵盤から〝あなたと夜と音楽と〟の旋律が流れてくると、同じその曲でもジュリー・ロンドンの気だるい世界に逃れたくなる。

そんなふうに過ごす間、気の毒だがCDには目をやらない。悪いと思う。僻《ひが》みの年寄りみたいである。ごめんなさい、と心中つぶやきながら、それでもこれが〝私と夜と音楽と〟の楽しみ方なのである。

旅人ごころ

――『読売新聞日曜版』ほか

SEEING KYOTO

誰が数えた、東山

京都の市中、見通しの良いところで立ち止まり、東を向いていただきたい。そうするとあなたの右目は大文字を、左目は比叡山を捉えるはずだ。

大文字山は小柄な輩がふんぞり返るような格好で西北を臨み、それとは対照的に、立ち上がりに勝る比叡山は斜に構える。その二つの山を挟み繋ぐ穏やかな起伏の数々を、東山三十六峰と呼ぶ。誰かが数えたわけではないらしいが、実に心地よい響きの言葉だ。この三十六峰なる語、李白の漢詩の中に出てくるのだ。

元丹丘歌　　　元丹丘《げんたんきゅう》の歌

元丹丘
愛神仙
朝飲潁川之清流
暮還嵩岑之紫煙
三十六峰長周旋
長周旋
躡星虹
身騎飛龍耳生風
横河跨海与天通
我知爾遊心無窮

元丹丘は
神仙を愛す
朝には潁川《えいせん》の清流を飲み
暮には嵩岑《すうしん》の紫煙に還《かえ》る
三十六峰 長《とこしえ》に周旋す
長に周旋し
星虹を躡《ふ》む
身は飛龍に騎《の》り耳には風を生じ
河を横ぎり海を跨いで天と通ず
我知る爾が遊心の窮まり無きを

これは、李白の友人で神仙の境地を愛する元丹丘が潁川《えいせん》や嵩山《すうざん》で自由に生活する姿を歌ったものだ。三十六もの峰を抱える嵩山だから、おそらく悠然とした山並みなのだろう。東山三十六峰とのキャッチコピーの出典は、ひょっとしてここいらにあるような気がするのだが、はてさていかがなものか。

いつの世も旅人とは贅沢なものだ。無い物強請《ねだ》りをする。たとえば、常緑樹の間から若葉の淡い緑が顔を覗かせているのを眺めつつ、燃え立つような紅葉の時期に思いを馳せる。東山連峰を形成する峰から峰へ、季節はとどまることがない。少女がほんの一瞬見せてくれるはにかみのように、それに出会えた幸運を感謝するばかりなのだ。愛用の写真機を肩に下げ、東山の裾野を南から北へと一日遊んでみてほしい。できれば出発点は法然院の辺り。終点は東から北に回っていく岩倉か。自転車があればさしたる苦も無く多様な被写体に出会えるはず。春から初夏が良い。しかし入道雲が峰の間からのしかかる真夏も、朱や黄金《こがね》が好き勝手に山肌に染み入る秋も、それぞれの趣きがあって良い。冬は…、ちょいと寒い。自転車ではかなりきつい。自動車免許証を持っていない私のポジアルバムに冬の里山の風景が皆無に等しいのには、主としてそういう理由がある。それともう一つ、私が切り取りたいと思う景色のある場所は、たいてい自動車では入り込めない状況なのである。

行く川の流れは絶えずして

南の方角は開けている。すなわち、山は無い。奈良に向かいゆるりと広がるその辺りには、古《いにしえ》から二十世紀初頭まで巨大な池があったとか。巨椋《おぐら》の池、という。周囲が十六キロあったというからなかなか立派なものである。干拓事業で無くなったのがなんとも口惜しい。

大きな湿地帯は無くなったが、それでも京都の風土にはその痕跡がある。湿気が多いのだ。一年中じめじめしているというのではない。適度な湿度に恵まれているのである。たとえば冬場の太平洋岸の都市。東京など、八重洲のホームに降り立ったとたん、肌が乾いてくるのが判る。干上がりつつある肌の立てるパリパリという音が聞こえてくるような気がするのだ。だから、ホテルでも加湿器なしでは過ごせない。

北の山から湧き出す豊かな水流は賀茂と高野、その二つの川となって町に潤いをもたらす。川に沿い、春には桜花、初夏から夏を経て秋へと花の便りは息つく間もない。その花たちの痕跡さえ感じられぬほど厳しく意地の悪い冬の最中《さなか》、風花を追いかけるかのように川面で乱舞するユリカモメの群れに目を奪われている束の間に、季節はまた春へと巡り行く。西を流れる保津川も合わせ、この町に水の恵みの絶えることはない。頼れる父親のような山々に抱かれた中、川は母乳のように濃密な養分をこの町の隅々にまで与えてくれるのである。

都人《みやこびと》とはなんぞや

今時フジヤマ・ゲイシャに惹かれてこの国を訪れる外国人《とつくにびと》も無かろうが、それでもなんだか妖しい響きのこの言葉には未知の魅力がたっぷりと込められているのだろう。祇園南の辻角に、カメラ片手の旅人の多いことよ。お目当ての芸妓舞妓が姿を現すのを、今や遅しと待ち構えている。旅行者からすればダラリの帯で白塗りしてれば誰でも舞妓に見えるのは致し方ない。だから、近頃流行の偽舞妓なんかにワッと群がってしまう。素性が判らぬをこれ幸いと、普段は寝転がって昼間のたわいない番組を見ながらスナック菓子など貪《むさぼ》り食っているおばさん扮するその偽舞妓、観光客を引き連れて着物に似合わぬ大股歩きで茶屋街を闊歩するのが恥ずかしい。本物偽物の見分け方のその一は、本物は絶対手を振って歩かないということ。その二は着物の裾を

割って歩かないということ。それから細かいことではあるが、腕時計や指輪やピアスはしていない。きょろきょろしない。辺りに目もくれない…まあ、これくらい覚えておいていただければよろしいか。

京の都は伊達や酔狂で千二百有余年続いてきたのではない。街を樽とするならば、文化は香り高き原酒なのである。そのように長い間熟成されてきたさまざまな伝統文化が、この街中いたるところで息づいている。例えば花街は遊郭ではない。芸妓舞妓は酌人ではない。確かに飲食する場ではあるけれど、彼女たちの舞や長唄小唄、清元などに触れ、それを学ばせてもらう場なのである。

正式な作法を知る知らないは別として、大方の京都人はこの地に根ざした生活文化、即ち茶道や華道、香道などそれを楽しむ術《すべ》を心得ている。それぞれの文化に共通するものは、この土地の四季を楽しむという心だ。季節と喧嘩したり、遮断したりすることは無い。上手に付き合う知恵が伝統文化のバックボーンなのである。一碗の抹茶を勧める所作一つとっても、他所の土地でそれを出されるときに比し緊張感は少ないはずだ。まあ一服どうどす、と、こんなふうなのである。

世界は変わり、日本も変わった。しかしこの京都は変わらない。確かに町並みには不均衡な建造物が目に付きだしたが、その谷間には四季を隣人とする都人《みやこびと》の心意気が今も変わらず根を下ろしているのである。旅のお方よ、願わくばそのような出会いがこの街角でありますように。

［本稿は講談社インターナショナル社刊『SEEING KYOTO』（英文）の序文として執筆。タイトルは同書名を踏襲した。］

ゆるりとした旅

電車の中で酒を飲むのができない。日が高い間はもちろん、夜汽車の中でも駄目である。昼にどれだけ暑いメにあい、張り付いた咽喉の両壁がペタリと張り付いた状況になっても、車中では酒類に手が伸びない。

＊

決して酒が嫌いなのではない。苦手なのでもない。むしろ好きなほうである。酒豪とか酒仙などの称号には縁がない。縁はないが、弱いわけではない。人並み、といったあたりだろうか。

＊

休肝日を設けている。月に最低十日を目処とする。最低十日なのだから、年間百二十日になる計算だ。それで実のところ、ここ数年は百四十日の休肝日がある。日記をつけているので間違いない。多い月で十二～三日酒が抜けている。我ながら見事だと思う。なんたる意志の強固さよ、と自賛する。それでいて、一抹の寂しさが漂うのは否めない。

＊

肝臓が悪いわけではない。検査の数値は全て正常値だ。尿酸値も範囲内である。中性脂肪やコレステロール、その他あれこれ何一つ気になるところはない。

＊

酒癖だって悪くない。クラブなんてところは苦手なので誘われなければ足を向けない。

普段は祇園町の二軒の酒場で飲む。どちらもカウンターだけの店である。ホステスはいない。だから落ち着ける。片方の酒場など大正時代から営業している。文化財指定しても何処からも文句が出ないような佇まいである。
どちらの店にもカラオケなどはない。微かな会話がBGMである。客も皆で居心地の良い空間を作ることに敏感だ。私はこういった店で飲み方を学んできた。それゆえ、自分が高歌放吟するようなことは皆無に等しい…と思っている。

*

と、あれこれ書き連ねてきた。だから、酒を控える理由はない。大いに飲んでかまわないのである。それなのに休肝日を設けている。それも年々増加の傾向にある。中年の域も奥に進み、用心深くなってきたのだろう。それと、飲む場所にこだわりを持つようになってきたのかもしれない。立食パーティーなどでも、まず飲まない。水かウーロン茶を片手に人込みを漂う。そこからどこかへ流れることはしない。そのまま帰る。だから、これでまた一日休肝日が増えることになる。払った会費は別として、こと肝臓に関しては「得した」とほくそ笑む。己の神経構造にどこか尋常ならざる欠

陥があるのかも知れぬが、まあ気にしないことにしている。

＊

原則として家では飲まないことにしている。そうなのだが、先述したパーティーなどで一回休肝日を稼ぐとその分が家に回る。

やはり家での酒が一番うまい。野球シーズンだと夕飯前に衛星放送で贔屓のチームのゲームを観戦しながらビールを飲む。食事の間はお菜にもよるが、だいたい清酒に換わる。量はたいしたことがない。ビールだと中壜一本ぐらい、清酒は飲んでもせいぜい一合半といった程度だ。外だとこれに洋酒が少々付け加わるが、そんなふうである。

＊

電車の中では酒がいらないと認《したた》めた。それでも時折、ここで途中下車し一杯やりたいな、と思わせられる風情に出会うことは少なくない。例えば伯備線。高梁から井倉、新見あたりの景観にはたまらないものがある。ここで下ろしてくれ、と叫びたくなる衝動に駆られることもあるのだ。

近頃、窓外の風景は吹っ飛んでいくばかりだ。それを眺めようとするこちらにはおかまいなしである。その点、在来線はほっこりする。通過する駅のホームでうたた寝している老婆の姿が窓の前方から後ろへゆるゆると流れていく。出張する際、そこに向かう日程に少しばかりの余裕があり、且つ移動手段に選択肢が複数ある場合、私は昔ながらの路線を使うことが多い。そうして時折、のんびりした電車に揺られることがあってこそ、新幹線など文明の利器の有難さは一入《ひとしお》のものとなっていくのである。

卵焼きも町も辻一つで違い

目の前に卵焼きがあるとしよう。焼き立てで熱々のものだ。それを眺めながら味について考える。甘いか、それとも微《かす》かな塩味か。焼き上がりが見事な黄金色ならジワリと沁《し》みる甘さだろう。肌の表面に乳白色の汗がうっすらと浮いていたならば、春風のようにさらりとした出汁《だし》の香りを味わえるはずだ。

前者は東日本、後者は西日本で好まれる味付けとされる。甘いのは東、あっさりは西。なるほど。確かにそうだ。当たっている。当たっているのだが、あまりに大雑把か。そこに主として書き加えてみても、その大雑把さを取り繕うことにはなっていない。甘味にも出汁味にも、それぞれ間口がある。間口があるのだから、当然奥行きもある。一つの味にも濃淡がある。同じ椿《つばき》でも、藪《やぶ》と加茂本阿弥《かもほんあみ》では葉の照りが違うのと同じである。

私は京都に生まれ、育った。即《すなわ》ち、関西人である。だから、所謂《いわゆる》、出汁巻き卵と言ってきた。西日本ではこの出汁巻きがもっぱらである。といって、その出汁巻きでも間口と奥行きは千差万別だ。隣同士であっても大阪と京都とではその辺りに微妙な違いがある。だから中国地方や四国、九州に目を向けても、味にはそれぞれの間取りがあるのだ。それゆえ、単に甘い・辛いというだけでも単純なものではない。

いろいろな人間が集まっているから、町は千差万別の色合いを醸し出す。辻《つじ》一つ違《たが》えるだけで、風情は溢《あふ》れるが如《ごと》く五感を刺激する。本来、旅とはそういうものとの出会いの場である。目的とする名所旧跡に書籍などで仕入れた適度な先入観を持って出かけるのはよい。肝心なのはそこへ向かう道程である。道筋である。タクシーを使おうがバスを使おうが、そこに到着するまでの移動の際、ともかく窓外に目をやっていただきたい。何の変哲もない、整然と植えられた街路樹が続いているだけだったとする。しかし晩秋から初冬に掛けての木々には葉の散り方にも執念深いのと淡白なのが隣り合ったりしていて、我が町のそれと比較したりしているうちに旅情らしきものが湧《わ》いてくるじゃないか。

着物を詰めた鞄《かばん》を道連れに全国あちこちを回る仕事をしている私だが、何処《どこ》に行っても分刻みの予定で動かなくてはならない。だから多くの土地を訪ねながら観光名所には縁がない。そんな私にとり、窓外の景色を眺めることは、その移動を少しばかり旅の域へと近付けてくれる実に手軽な方法なのである。

眼鏡新調　旅情も深まる

四十年以上、コンタクトレンズを使用している。当初は仮性近視という程度だったのだが、今では検眼しても0・01以下に落ちてしまったのだから始末が悪い。咄嗟《とっさ》の場合に備え、コンタクトを外す就寝時は枕元に眼鏡を置く。ところが完全に視力に合わせたわけではない。視力通りにすると眩暈《めまい》がして立てなくなるような代物になってしまう。だから些《いささ》か弱めに作ってあるのだが、それでも所謂《いわゆる》、牛乳瓶の底なのが情けない。

海外に出向く際、いくら私に高所恐怖症の気《け》があっても飛行機を使うことになる。これが往生するのだ。機内は乾燥している。乗り込んだ途端、肌が乾きだす。カサカサになる。アカギレなどできている場合、暫《しばら》くその箇所《かしよ》を眺めているとうっすらと血が滲《にじ》み出てくるように思えてくる。至る所で静電気が踊っている気配さえ感じ、思わ

ず身を硬くする。そんな不安定な精神状態でいるから、席に回ってくるスチュワーデス嬢のファンデーションにも刻一刻と細かい地割れのようなヒビが走り出すのではとの心配が募り、これでは落ち着けという方が無理である。

そのように心千々に乱れつつ飛び立った後は存外気分が楽になるのが不思議だ。恐らく、今更騒いでもどうにもならぬ、との諦念《ていねん》の成せる業なのだろう。そこで人並みにリラックス体勢に入れば良いのだが、私の場合はそう簡単にはいかぬ。身体がしぼみそうなほど乾燥しているキャビンだ。だから当然眼球も乾く。するとコンタクトが落下してしまう。計測不能の視力である。コンタクト無くして見えるもの無し。周囲が食事や飲み物を楽しもうとし始めているのに、この私ときたら両眼を押さえ身悶《もだ》えしているのだ。

ある頃《ころ》から、搭乗するや否や直ちにコンタクトを眼鏡に替えるようにした。これならずり落ちることはあっても外れはしない。しかしその眼鏡、先述したように弱めのものだ。となると辺りは薄《うっす》らとしか見えない。お手洗いへ行くのにも難儀する。当然、スチュワーデス嬢の入念のお化粧などを誉《ほ》めてあげることもかなわない。

明年の一月、二月と立て続けに海外出張が入った。それで十年ぶりに眼鏡を作り換えることにした。技術の進歩で以前よりは薄手ででもカバーできるようだ。これで本や映画はおろか、長く見過ごしてきた多くのものを見逃さなくてすむだろう。そんなふうに思う心もひょっとして旅の隠し味なのだろうか。なんだかワクワクドキドキしてしまうのだ。

枕同伴「想定外」の乗客?

新幹線に《のぞみ》号が出来て随分便利になった。京都から東京に出向く際、昼過ぎのそれに乗り込み、直ちに弁当を使って居眠りし、目覚めたらもう品川。そんなことも初中終《しょっちゅう》だ。それこそ玉響《たまゆら》の間に、である。上京する場合はさしたる問題は無い。しかし帰洛する時はうかうか寝ていられぬ。京都は終着駅ではない。その先に新大阪を始めとする山陽道の各駅が控えている。寝過ごしてしまったならば、下手すると博多まで連れて行かれてしまうじゃないか。

移動時間が短縮されるのは有り難い。実に便利だ。便利だが、不眠症から来る居眠り癖のでてきた私のような者にとっては、目覚まし時計でも無くては不安で仕方がない。車掌に頼むという手もある。しかし一応大の男としてのプライドが邪魔するのだな、これが。というわけで、私にとり、速いイコールひたすら便利、というわけでもないのである。

ところで７００系の《のぞみ》について。この車種は環境に配慮した設計になっているると聞いたことがある。大変結構な話だ。私のように意識朦朧《もうろう》と席に座る客のことも考えて、車内サービスも静かでその心配りには感謝している。それでいて７００系を絶対的に支持するかとなるとそうではない。座席の背もたれが私に合わないのだ。背もたれ全部ではなく、後頭部が当たる部分だけが、である。そこだけがぐんと前に突き出ている。そうなると頭が押され、顎《あご》を引く格好を取ることになる。車中で喧嘩《けんか》をするわけではないのだから、顎を引く必要は無い。この姿勢は結構疲れる。寝ようとしても首から上が不安定に揺れる。うとうとして頸部《けいぶ》の凝りで目覚めることが多い。それゆえ、近頃《ちかごろ》では息を吹き込んで膨らます枕を持ち歩いている。それで首を固定しなくては、座席で居眠りしている間中、バブルヘッド人形のように頭を左右に振り続けることになってしまう。

これはイチャモンをつけているのではない。私の体型に問題があるのだ。自慢じゃないが、この私、結構足が長い。ということは座高が低いのである。それで設計者の予期せぬ所に頭が行ってしまうのだろう。

認《したた》めてきた如《ごと》き事由により、近頃では枕を使うことにも慣れてきた。とはいえ、たかがビニール枕である。見た目も安っぽい。そろそろ専用の枕カバーなど掛けてやろうかと思うのだが、見る人によっては「実に不気味な中年オヤヂがいるぞ」と訝《いぶか》しがられるだろうな。

あすへの話題

――『日本経済新聞』

読書

必ずしも内向的な性格ではないが、書斎に籠《こも》るのは好きなひと時だ。小学生の頃より本の虫だっただけに、蔵書の数はかなりのものがある。文庫も併せ、数千冊。本が捨てられない質《たち》だからひょっとしたら万単位に入ったかもしれない。

とはいえ何度も読み返すような愛読書は別として、いっぺんきりで後は本棚の片隅に詰め込まれているような手合いのものとなると、実のところその内容に関しての記憶は殆《ほとん》ど無い。私は整理魔である。暇ができると整理整頓に勤《いそ》しむ。その際、たまさかそれらの本を抜き出し手に取りしげしげ眺めてみても、まるで初めて出会った人のようにそっけない。

積ん読の趣味は持ち合わせていない。買った以上読む。必ず読む。本屋で手に取りパラパラやってから買う。だから面白い。面白いと思って買ったはずなのだ。そう

思って買ったはずなのに、ところが家に帰って読み出すと、どうもうまく読み進めないものがある。没頭できない。おざなりの和洋折衷献立には箸《はし》が伸びにくい、なんだかそんなふうなのだ。

そういうことが何度か続き、近頃では「書籍には本屋で手に取るのに適したものと、家などでじっくり読むのに適したものとの二種があるのでは」と勘繰りだす始末である。そうなると常に疑心暗鬼。広大な書店のフロアで物憂げに佇《たたず》む破目《はめ》に陥ってしまう。そんなことを書き連ねる私の横の本棚から、年末に買い求められた五冊のハードカバー本が「アタシタチの運命や如何《いか》に」といった気配でこちらを窺っている。それが気に掛かり、どうにも筆が進まぬところが、また情けない。

ＬＰ

書斎の一角にオーディオセットを据えてある。とはいえ、いたって機械には弱いので難しいものは駄目だ。図面通りに接続できれば上出来。それで音が出てくれれば万々歳。そんな程度のものだ。

『自分の世界に浸る』との語がある。なんとも魅力的な言葉だ。甘美な響きである。だからうっとりする。波間を漂っているかのような、時に深みにすぅっと引き込まれていくかのような、そんな非現実的で白日夢のしたたりの如きものだ。

茶道の宗家には土日祝日関係がない。大概、用務が入り込む。地方への出張が多い。だから、書斎があってもそこでゆっくり本をひもとく時間は無いに等しい。〝書庫〟というべきか。本は移動の車中のお慰みになりつつある。となると、音楽だ。

私は主としてジャズを好む。最近ではＣＤという便利なものがあるが、私の場合は

ＬＰと交互に聴く。音質に限ればＣＤが良い。どちらが勝っているか、というのではない。クリア度についてである。ところがＬＰの場合、ジャズのジャケット写真には見事なものが多い。だから私はそれをちっぽけなオーディオの傍らに飾り、うっとりと眺めながら曲に浸る。耳で味わい、目で味わう。ＣＤではこうはいかない。小さすぎてジャケットが見えないからだ。

世界はどんどんデジタル化していく。所謂《いわゆる》、進化の証しである。しかしそれに伴い、人間関係も簡略化していくような気がする。クリアなだけで、お座なりである。そんなふうに思うのは、ひょっとして歩みののろい私一人のひがみなんだろうか。

エネルギー

ここ数年、一月の二十日過ぎに風邪を引いている。日記帳で確認したから間違いない。一月は忙しい月だ。元朝早晨《がんちょうそうしん》の大福茶《おおぶくちゃ》に始まり、二日と三日は正月茶行事。五日の御用始め。そして七日から二十日まで京都・東京の初釜式。その後、月末まで各種団体の初茶会が入っている。

私は喉《のど》が弱い。特に乾燥した場が鬼門だ。あっという間に喉に違和感を覚え、たちまち熱が出る。東京での初釜式を終えた後、次の初茶会まで二日ほど空きがある。毎年、この辺りが危ない。湿気の多い京都に育った身だから、いくら加湿器をかけても、どれだけ嗽《うがい》をしようとも、東京の乾燥した空気には太刀打ちできない。必ず風邪症状が出てしまう。

〝病は気から〟との語がある。昔は聞き流していたのだが、近頃ではこの意図するところがしみじみとわかってきた。なにせ絶対に休めない初釜式と初茶会のその合間の数日だけ寝込むのだ。これはやはり〝気力〟の成せる技ではないか。これこそ〝死してのち止む〟という語の基ではないか。

私の曽祖父、即《すなわ》ち十三代家元は絶対安静の心臓疾患を抱えながらも真夏の講習会の指導に出座し続け、倒れ、そのまま幽明境を異にした。それに比すわけではないが、少なくとも宗家行事に穴を空けてはならぬとの思いは、些《いささ》かなりとも私の体調維持に役立っている。

今年の一月、やはり二十日過ぎに風邪を引いた。例年通り次の日の初茶会には発熱が嘘《うそ》のように元気で点前をしたのだが、気力もエネルギーの一種と考えてみると、なんだか嬉《うれ》しくなってくる。

底冷え

京都の二月は意地悪い寒さが続く。頬《ほお》が火照るほど暖房の効いている部屋に通されても爪先《つまさき》は容易に温まらない。戸外に置き忘れてきたかのように冷えたままだ。膝関《ひざ》節も同様。知らぬうちにじわじわと冷気が凍《し》みてくる。鼻先もそこだけ体温が低下しているのではと錯覚するほど、よそよそしい。これが所謂《いわゆる》〝京の底冷え〟なるものだ。

『二八は鬼門』と言われる。主として興行などに関わる台詞《せりふ》だとか。厳寒と酷暑の時期には客足が期待できぬことから使われだしたのだろう。我が町の二月八月を思うに、確かにキツイ時節である。盆地独特の高温多湿の八月もたまらないが、なんといっても二月は辛い。その冷え込み具合は先に認《したた》めたが、ともかく季節に愛想がない。

身動きしない灰色の空の隙間《すきま》に微かな裂け目が見えたとしよう。そこから陽光がそろりと差し込もうとする。春はまだ遠い。だから日差しも幼い。幼いながらも雲を抉《こ》じ開けようとする。それはいじらしい。いじらしいその日差しの弱々しさが、余計に寒さを感じさせることになる。今が寒さの真っ只中にいることを強調する。といって迷惑なのではない。陽光は日に日におどおどしなくなる。逞《たくま》しさを増していく。そうなると希望が湧《わ》いてくる。裸の木立の陰から春の斥候がこちらを窺っている気配を感じだす。

冬は好きではない。そうだからといって、三カ月間そっぽを向いているわけにはいかない。厳しい寒さがあるからこそ、ほんの微かな温《ぬく》もりでも大きな喜びを与えてくれる。子供の頃は気付かなかった。二十代半ばでそんなふうに思えるようになった。実に有難い。

ネットオークション

ネットオークションでトラブルがあったとの記事を読んだ。お金だけ受け取ってドロンするという、所謂《いわゆる》、詐欺行為だ。インターネットに限らず、オークションにはどこかしら胡散《うさん》臭さが付きまとうように思えてならない。一か八か、と書くと些《いささ》か大仰かもしれない。しかしある意味、そこにギャンブル的な香りがあるのは否めないのではないだろうか。

家で時間がある時はなるべくパソコンを開くようにしている。といってネットサーフィンをしているわけではない。主としてオークションサイトを覗《のぞ》くのである。それも茶道具に限ってだ。買うのではない。冷やかしでもない。では何をしているのか。出品道具をチェックするのである。

自分があらゆる茶道具に対し目利きであるとは思っていない。しかし、少なくとも我が家の先祖の筆跡については間違いなく判断できる。つまり、箱書きや軸についてである。

オークションに出されている道具で歴代家元の箱書き有りとか真贋《しんがん》保証付き等とあるものの多くは怪しい。手に取らずとも見れば判《わか》る。字が違う。筆癖が違う。墨も桐《きり》箱も素材の照りも違う。無理に古びさせたものや、妙に媚《こび》を売るものが目につく。それらを眺めていると腹が立ってくる。では、どうしたら贋物《にせもの》を掴まされないか。それはその手のオークションで購入しないことだ。鑑定家も指摘していたが、少なくとも茶道具に関しては「安かろう悪かろう」だとか。

ネットだけではない。通常の競り市で私の書や箱書きの贋物も稀《まれ》に出るとか。中には私より字の上手《うま》いものもあるらしい。だから余計に腹が立つ。

…ながら族？

帰洛《きらく》する〝のぞみ〟車中で、居眠りから目覚め、洗面所に行った際のことである。私、揺れる通路にバランスを取りながら辿《たど》り着いた手洗いで空いていた例《ため》しがない。だから待つのは気にならぬ。この日もそうだった。ところで先に入っている男の佇《たたず》まいがどこか妙なのに気付いた。

右に傾《かし》いでいる。小窓越しにうかがえる後ろ姿から拝察するに、私より少しばかり上の世代のようだ。つまり、壮年ということになる。それが傾いでいる。時間もかかっている。前立腺かどこか具合が悪いのかもしれない、と気長に待った。

それにしてもなかなか終わらない。飛行機の着陸に例えるならばソフトランディング状態が延々と続いている。それでも肩が少し下がり、微《かす》かに背中が捩《よじ》れた。ようやく〝到着〟か。後は、〝格納〟のみ。

ところが、だ。またそこから時間がかかる。捩れた背中が上がったり下がったり、身もだえしている。どうやら片手扱いのようだ。これは実に難儀をしている風である。訝《いぶか》しんでいるうち、件《くだん》の紳士はようやくこちらに向き直りドアを開けた。そこで初めて、私はこの人物が用を足しながら携帯電話を使っていたのに気付いたのである。

肩でドアを押し開け、何か文句あるか、といった剣呑《けんのん》な目付きで私の顔をにらみながらも彼の話は延々と続き、そのまま車両へと戻っていく。私が自席に戻った時も彼の話はまだ続いていた。

携帯電話の無い人生は考えられない、なんて台詞《せりふ》を耳にする。なるほど、確かにそれは人の〝一部分〟にはなっているようである。

健康法

「あなたの健康法は？」と訊《たず》ねられる機会が増えてきた。この二－三年、即《すなわ》ち四十五歳を超えたあたりからだ。それは世間から「おまえはもう若くないのだぞ」と指摘されたことを意味する。つまり私が中年になった、その証しなのだろう。ということで、私の健康法らしきものをしたためてみる。

『最低百二十日の休肝日』。そんなのできるわけないだろう、と仰《おつしや》る向きも多いと思う。なるほど、月割りにすれば十日以上、酒を抜くのだ。今年で約十年続けてきたが、最初のうちはきつかった。なにせ嫌いじゃない。まずビール、続いて燗《かん》酒、それからハイボールか水割り。このコースを辿《たど》らなくては満足できなかった。とはいえ、強いほうではない。ビールは三百五十ミリリットル一缶、酒は一合、あとの洋酒は三杯までである。それでも食事の際に何かしら無いと淋《さみ》しくなる質だ。それを規制することにしたきっかけは、酒が残るようになったからである。

もともと一人静かに飲むのが好きだ。カウンターだけの純然たる酒場をよしとする。大勢でワァーッと飲むのも厭《いや》ではないが、なんだか落ち着かない。隣席が気になるし、ギュウ詰めだと息苦しく感じる。駅のプラットホームか病院の待合室に紛れ込んだように錯覚する。だからリフレッシュの意味でどうしても締《し》めに酒場に寄ることになる。ごく稀《まれ》にこの一杯が残るようになった。というわけで、これから先も酒を楽しんでいくためにも、最低十日の禁酒日は欠かせないとなったのである。無理矢理やめるのではなく、飲む日の喜びを増すための手法であるのが、口卑《くちいや》しい話ではあるが……。

近眼

我が家のある辺りは〝寺の内〟という地名だ。その名の如く、正面も裏手も寺である。寺に包囲されている、と書くと罰当たりか。だからというわけではないが、近所に子供が少なかった。それで学校から帰ると直ちに本を抱え、部屋の隅に腰を下ろし、ひたすら活字の世界に籠《こも》っていた。当時、電灯は笠《かさ》をまとっていた。その笠の形にしか光は届かない。その光輪から外れて本を読む。目によいわけがない。

東京オリンピックの年にコンタクトレンズをはめた。勿論《もちろん》ハードである。私は八歳だった。近視の度合いがひどく、眼鏡では補正の仕様がないとの診断で、当時は珍しいコンタクトレンズを奨《すす》められたのである。

「小学生第一号ですよ」と眼科医に言われた覚えがある。こんな分厚いガラスが目に入るわけがない、とベソをかき続ける私は、お世話をしてくださる女医さんにずい

ぶん迷惑を掛けたと思う。とはいえ、眼鏡にするならこんなのです、と渡されたそれは子供心にも悲惨だった。所謂《いわゆる》、牛乳ビンの底という奴なのだ。ずっしり重たく、鼻《び》梁《りょう》の整っていない私の小鼻の辺りまでずり落ちてしまう。それはあまりに情けない姿だし、第一その分厚い眼鏡を通じてさえ周りのものがぼんやりとしか見えないのでは、どうしたってコンタクトを選択するしか道はなかったのだ。

老いも若きも目を酷使する時代である。眼鏡もコンタクトレンズもその種類が豊富になった。お洒落《しゃれ》になった。外見はあれこれリカバリーできるが、一度壊した中身はそう簡単に治せない、そのことに対しての注意を喚起する公共広告がないのが不思議なんだが、これはお節介《せっかい》な話だろうか。

国語

春先の新聞には各学校の入試問題が頻繁に掲載される。時間に余裕のある朝はそれらに目を通すことが多い。但《ただ》し眺めるだけだ。大学卒業から二十年以上経《た》つ。それはつまり、学問というものをしなくなってかなりの時間が過ぎたということである。だから解けやしない。見るだけだ。

私は私立の文学部出身である。入試は三科目だった。国語に英語、あとは社会である。小学校以来、理数科とは天敵状態が続いていたので当然こういう選択となる。新聞に掲載される入試問題で興味があるのは国語だけだ。暗記ものは忘れたから駄目だ。英単語然り、年号や地名然り、である。

文芸誌を読まなくなって随分になる。三十歳頃までは月に二冊は読んでいた。それをやめた理由は、私の好む文体の小説が少なくなったということにある。例えば森鷗外。例えば井伏鱒二。あんまり似てないじゃないか、と言われそうだが、突っ掛かるようなところがよい。素っ気ない中、はにかんだ気配が見え隠れするのがよい。そういうタイプの作家が減った。だから文芸誌を読まなくなり、小説に疎くなった。入試問題の現代文を見るのは、新聞の文芸時評を読むのと似通っている。楽して佳《よ》いものを見付けようとの、ある意味さもしい根性からである。

そうやって読む試験問題なのだが、面白い一文に出会うことは、まずない。読解力を試されるのだから難文主体なのは致し方ない。とはいえ、国語教育の目的の一つに文章の奥行きを辿《たど》る楽しみを知らせることがあると思うが、若者の活字離れが進んでいるだけに、この辺り、ひと工夫あってもよさそうだ。

身だしなみ

マナーの話というと〝行儀作法〟と受け取る向きも多かろう。即《すなわ》ち、堅苦しい、となる。だから避けて通ろうとする。実はマナーとは杓子《しゃくし》定規なものではない。相手に対する気配りを意味する。おかれた状況における気働きのことである。

社会とは何か。生活を営むとは何か。それは人と人とが互いに配慮しあい、限られた空間を分け合うことである。私はそう考える。配慮の一つに〝身だしなみを整える〟ことがある。即《すなわ》ちお洒落《しゃれ》である。人に対して不快感を与えぬよう配慮するのがお洒落の本意だ。決して自分だけの世界で陶酔するのではない。しかし現実はどうか。公的な場面、上着無しで押し通す人もいる。身も心も自分が定めたルールの中にいるのだ。相手に合わせなくてよいのだから確かに楽だろう。しかし、やはり浮き上がる。そこだけ佇《たたず》まいが異なる。その場の雰囲気にそぐわない。

たとえばリゾートは別として街のホテルに出掛ける際、私は必ずスーツを着る。家族と食事をするような時も、上着を着用する。ホテルは大勢が集う場である。だから不快感を与えるかもしれぬ格好で足を踏み入れるような振る舞いは私にはできない。タンクトップにサンダルでロビーをうろついている客を見かけたりするが、はしたなく思えてならない。レジャーの客がラフな格好でいるのをけしからんと言っているのではない。カジュアルにも場に対するTPOが不可欠だと思うのである。

私達に与えられた場には限りがある。その場を独り占めしているのに無頓着な、気配りのできない輩《やから》が増えつつあるのが、いやはやなんとも息苦しい。

旬

陽光麗《うら》らかにして春風駘蕩《しゅんぷうたいとう》。こうくると町中の空気も和みだす。プロ野球が開幕し、漸《ようや》く春爛漫《らんまん》という気配が漂ってきた。私は四半世紀にわたるパ・リーグの某球団ファンである。パ・リーグの開幕は三月だった。その頃はまだ肌寒く、ホットカーペットの上で立ったり座ったりしながら画面を眺めていた。それからたかだか三週間で春の佇《たたず》まいに落ち着きが出てくるのがなんとも興味深い。同じ四月でも初旬と中旬ではその度量の広がりも違うのだ。

四季に恵まれる、との言葉の意味は、即《すなわ》ち〝旬がある〟ということだ。季節をジグソーパズルに譬《たと》えるとする。三月末から青嵐の頃まで、その大雑把《おおざっぱ》な括《くく》りの春を描くパズルのワンピース、ワンピースが〝旬〟なのである。花ならば桜を中心に、梅、辛夷《こぶし》、木蓮《もくれん》、山帽子などが脇を固める。食材だと鯛《たい》に鰹《かつお》が双璧《そうへき》か。地の恵みとなると何と言ってもタケノコ。それから空豆。花が好きで肴《さかな》が好きな私には実に有難《ありがた》い頃合いなのである。

と、書き記してきて、実は三月の初めにはタケノコを頂く機会があった。同様に空豆も口にした。私には『タケノコ四月、空豆五月場所』との、旬の出会いの図式が定まっている。好きなものに早く出会えるのはうれしいのだが、石頭で融通の利かぬ質《たち》ゆえ、肌寒さの中で頂くそれらに対し、釈然としない思いもあった。

旬とは季節そのものである。季節の表情を整える構成要因の一つである。だから春のものは春に頂きたい。それが贅沢《ぜいたく》な望みになってしまった。こういうのを〝器用貧乏〟ならぬ〝豊か貧乏〟と認《したた》めたら叱《しか》られるか。

鞄

バブルの頃からセカンドバッグを抱える男子の姿が目に付くようになった。財布や手帳に名刺入れ、その他、日頃背広のポケットをパンパンに膨らませていた物共が、今の軽量化が信じられぬほど武骨な姿だったレンガ一個程の大きさの〝携帯電話〟と共にその中に収められる。それだけの物が入れられるのだから、瀟洒《しょうしゃ》なバッグも原形をとどめぬ有り様なのが涙を誘った。

人間の嗜好《しこう》は千差万別。中にはなんでも抱え込むのが趣味という人だっているだろう。だから、例えばアタッシェケースのような手で持つところの付いた鞄《かばん》でもかき抱くことを好む人がいるかもしれない。しかし、それはあたかも、大金を銀行から下ろしたばかりゆえに道行く人は皆泥棒では、と怯《おび》えているふうに見えはしないか。場合によっては、抱えている当人その人こそただのかっぱらいのように見えるかもしれない。とにもかくにも、そのどちらにしても尋常ならざる佇《たたず》まいなのである。

大抵のセカンドバッグは抱えるスタイルだ。だからそのてのものを持つ男は誰もが同じような姿勢になる。それは何かの姿に似通っていると気になっていたが、どうにも思い出せなかった。たまたまそんなある夕、銀座の並木通りで知人と待ち合わすことがあった。ぼんやりと立つ私の横を、これから出勤《おつとめ》と思われる着物姿の女性達が、小ぶりなクラッチバッグでその胸元辺りを押さえ、小走りに通り過ぎていく。醜く膨れ上がった鞄もどきのものを両手で抱え込む私とは雲泥の差である。それから暫《しばら》くして私はセカンドバッグを持たなくなった。洒落《しゃれ》た鞄を持つにはそれに似合った使い方をしてやらなくては、と思ったからである。

風薫る

桜花を散らす風にはまだ駄々っ子のようなところがある。辺り一帯を満たすその画一化された色合いが気に食わぬのか、さながら癇癪《かんしゃく》玉を破裂させたみたいに吹く。突発的なのだから、どうにも手の付けようが無い。だから桜たちも抵抗しようともせず、大時代的な達観した如き素振りで、宿主である枝から一斉に離れていく。

それと比し、この時期の風にはどこか落ち着きがある。あくせくしていない。のんびりしていて、育ちの良さが感じられる。何一つ残さず、目に付くもの全《すべ》てを持っていこうとする貪欲《どんよく》さに満ちた、肉食動物並みに狩猟本能そのままだった先日までの風とは正反対ではないか。

これから暫《しばら》くの間、窓を開け、部屋に迎え入れる外気は日ごとに増えゆく新緑の香りに溢《あふ》れている。生命が誕生したことの報《しら》せをはちきれそうなほど携えている。温気《うんき》が増すに連れ、余計に酸っぱく、余計に甘ったるい。それだからこそ、『薫風』なのである。風の中でも別格なのである。

リルケにこんな詩がある。

「そとには青と緑の昼がきていた。
あかるいところどころには赤い呼びごえ。
池はさざなみをつらねて遠のき、
風はとおくの花ざかりをそっくりはこび、
町はずれの庭のことをうたった。
まるでもう、花の冠をかむったように、
物はみな、いいしれず軽やかな陽ざしをあびてあかるく立った。」

行事の関係で連休とは無縁の私だが、薫風にあちらこちらへと運ばれていると思えば、これはこれで一興である。

色合い

来月、四十九歳になる。数えならば五十歳。歴代の家元方が五十歳の歳祝い、つまり《知命》に際し、あれこれ茶道具の好み（デザイン）をされてきた。こういうことは数えでするのが習わしだ。だから、私も道具作家から打診される。母親の中で生命が誕生したその時を基準にした数えは好きな方式なのだが、こと己の年齢表記となると躊躇《ちゅうちょ》するのが手前勝手な話である。

いやはやついに大台突入間近か。とはいえ、悔しさとか焦りはない。ただ単に「いやはや…」と云《い》うだけのことである。もとから若作りなどしない主義だ。エステなんか興味ない。化粧品にも興味がない。きつい臭いが嫌いだから、ヘアトニックやアフターシェーブローションは香りの無いものを使っている。ただ、酒肴《しゅこう》となると臭いが気にならない。鮒鮓《ふなずし》、クサヤ、ホヤ、いずれも大好物なのが不思議だ。

仕事着は着物である。行事ならば黒の羽二重。それ以外は御召し。色は暗灰色が殆《ほとん》どだ。書き付けなどの作業時は作務衣である。洋服の場合、背広の色は濃紺か黒か灰色と決めている。茶系や緑系など、明るい色合いのものは似合わないと思っている。だから持っていない。微かな織り柄は許せる。太い縞《しま》模様などはダメだ。重たく見える。袖を通しただけで肩が凝る。

齢を重ねていく内に鮮やかな色合いが似合うようになると聞く。それが普通だと云う。見渡せば、確かに高齢者ほど明るい色物を召しているようだ。今、私の洋服ダンスを開けばそこはひたすら暗い色の空間が広がる。ここが花畑のような色合いに変わるなんて想像もつかないが、もしかしてそうなるかも、と思うと実に気味悪い。

駆け足の初夏

遠くに眺める山肌の深緑の間に見え隠れしていた若葉たちがあっという間にふてぶてしくなるのがこの時期だ。

四月。大気が身動《みじろ》ぎする。それを合図に、冬の間、身を竦《すく》めていた万象が目を覚ます。陽光は大地に染み込み、雪解け水に急《せ》き立てられていた川がひと息吐《つ》く。新しい緑木《みどりぎ》は、生まれたばかりでまだ毛を刈り込めない子犬のごとく、愛嬌《あいきょう》たっぷりである。見ていて微笑《ほほえ》ましい。己を取り巻く環境に無頓着だ。今、只《ただ》ここにあることのみを喜んでいる。そんな外見だから、常緑樹たちともうまくやっている。

ところが、五月も半ばを過ぎると様相は一変する。瑞々《みずみず》しかった初夏の佇《たたず》まいも何処《ど》か《こ》へ行ってしまうのだ。若葉は膨れ上がり、その色合いを性急に深くしていく。そこに雨が降る。木々は一雨ごとに枝葉を張り出し合い、互いに辺りを睥睨《へいげい》し始める。

だから密度が濃くなる。それ故、それを眺めているこちらも息苦しくなってしまう。気が付けば微かな湿気が感じられ、初夏は梅雨へとバトンを渡す準備に余念が無い。

《五風十雨《ごふうじゅうう》》という語がある。「五日に一度風が吹き、十日に一度雨が降る」との意で、天気が安定していることを表している。穏やかで麗《うらら》かで、つまり天下泰平なのである。思うに、一年を通じ本当に過ごしやすい時節はごく限られている。初夏もその節目のひとつだ。実に短い。それこそ玉響《たまゆら》ゆえに、喜びも一入《ひとしお》のものとなる。

《五風十雨》の季節は梅雨を運んでくる。じめじめした日が近づいてくる気配を感じることは鬱陶《うっとう》しいが、夏の陣痛だと思えば、それはそれで趣がある。

辞書の話

近眼ゆえコンタクトレンズを使っている私だが、遠くのみならず近くのものも見辛《づら》くなってきた。特に辞書。これが困る。頭の悪さを辞書で補いつつ原稿を書いてきたが、ここのところちょいと難渋している。

机の傍らにK辞苑、と決めているが、それは井伏鱒二を倣ってのことである。それ以外の深い意味は無い。とはいえ、文系の人間と辞書類とは、その項目が見にくくなったとの理由で疎遠になるほど軽い間柄ではないと思っている。こういったものは内容に間違いがあるなどの場合を除いて滅多《めった》と買い替えることはしない質《たち》だ。それに新しい紙の臭いというのは何処となくそっけなく感じはしないか。

閑話休題。

漢和辞典。これがまた細かすぎて難儀する。実は私の辞書類は年代ものばかりだ。

机上用のK書店版の漢和中辞典に至っては三十五年間使っている。だから余計に活字が小さい。まあ、原稿はワードを用いているので、文字の変換には苦労しない。ただ、ワードというやつはサービス満点だから、該当する字をズラズラッと並べてくれるので、いったいにどれを選んで良いか困惑することも少なくない。よって意味を調べる為にも辞書は欠かせないのだ。

最近、活字が大きくなる傾向だと聞く。新聞然り。文庫然り。辞書の方もその切替えは進んでいるようだ。とはいえ、辞書の活字がぐぐんと大きくなると、内容を減らすわけにはいかないのだし、そうなると必然的にサイズも大きくなるのだろうな。となると仔象《こぞう》のように肉付きのよろしい辞書が出来上がる可能性だってあるのかもしれないが、そうしたらどうしよう。

基本を学ぶ

《利休百首》は千利休の茶道精神を歌の形で表したものだ。その中に次の一首がある。

「習ひつつ　見てこそ習へ　習はずに　よしあしいふは　愚かなりけり」

ろくに修行をせず、稽古《けいこ》もいいかげんで、それでいて口だけは達者なことを戒める意味の歌だ。突き詰めていうならば、人を見下すことに対しての警句である。茶を志す者ならまず稽古。それを措《お》いて何も無い。ひたすら稽古を繰り返す。基本を身に付けてもいない内から稽古仲間同士で勝ったの負けたの言っていては、足踏みしているどころか後退《あとずさ》りしているようなものなのだ。

《スウィングガールズ》という映画に竹中直人扮《ふん》するジャズ好きの数学教師が出てくる。彼はミュージシャンへの憧《あこが》れからサックスを持っている。ところが全く吹けない。しかし、それがばれるのは困る。そこで音楽教室に通うのだが、格好良くブロウしたいとの気持ちばかり先走り、基本を学ぼうにもお座なりで、どう足掻《あが》いても光明は見えてこない。

少なからぬ人間がこの世を生きていく上で身に付けなくてはならない基本を疎《おろそ》かにしている。私にはそう見受けられて仕様が無い。自分に素直に生きる、とは実に美しい言葉だ。とろけるような響きがある。だから誰もが使いたがる。しかし、素直に生きる為には、他人に対してもその素直な心で接しなくてはならない筈《はず》だ。自分への慈愛の眼差《まなざ》しが己以外の人物に対しては冷酷非情の目つきに変わる。それではバランスを欠くこと甚だしい。批判精神だけ横行しがちな今、日本人の社会生活の基本である謙譲の精神はどこかに置き忘れられたままである。

写真の腕前

写真を撮るのにもマナーがある。また小煩《こうるさ》いことを書き出した、と思われる向きもあろうが、少しばかりご辛抱願いたい。

近頃、アマチュア写真家の無神経さが話題になることが多い。例えば神社仏閣。写真家のマナーが悪いから、参拝客で込みあう名所にしても、山間の鄙《ひな》びた庵《いお》にしても三脚禁止が増えているそうな。

実は私は趣味で写真を撮る。被写体は風景である。今は多忙で時間が無い。昨年の二月、丹後半島の伊根の舟屋を撮りに行って以来、全く休み無しだ。当然、ストレスが溜《た》まっている。そんなカリカリした状態でいるから、新聞記事に写真家のマナーの悪さについての記事を見つけると、余計に腹が立つのである。

〝三脚禁止〟との高札が目につくようになったが、時代のある建物や庭ではことさら配慮が必要だ。立てるとしても、せいぜい下を傷付けにくい一脚が無難だ。三脚を立てるということはある程度そこにいるということである。つまり、居座るということだ。その場の環境や人の流れには我関せずである。それに簡易椅子《いす》を加えれば立派な確信犯だ。

私は中学時分から神社仏閣を撮るのが好きだった。浮世からの隔絶感と、そこから生じる静謐《せいひつ》さを愛してきた。長じてからも、神社仏閣で撮影する際はまずお参りをする。御前で失礼致します、とお断りする。ゆっくり拝礼できた時の写真はなんとなく出来がよいように思う。

プロアマ問わず、専門誌などですうっと引き込まれるような作品に出会うことがある。そんな時、「マナーの良い人が撮影したのだ」との思いが涌《わ》いてくるのを私は禁じ得ない。

もう一つの「舞姫」

日本に来る前はウラジオストックの舞台で歌っていた、と異国の女は渡辺参事官に話した。場所は木挽町の精養軒ホテルである。嘗《かつ》て二人はごく親しい間柄にあった。彼女に今後のことを訊《たず》ねると、日本は駄目だからアメリカに行くと言う。そこで参事官は「それが好い。日本はまだそんなに進んでいないからなあ。日本はまだ普請中だ」と答えた。

右は森鷗外が明治四十三年に書いた短編、『普請中』のあら筋だ。文中に登場する女性は異国から参事官を追いかけてきた模様である。となると『舞姫』のエリスと重なってくる。

普請中、即《すなわ》ち工事中。明治の日本は列強の脅威の前に大わらわだった。政治経済の模倣のみならず、生活様式をも一思《ひとおも》いに変革させんが為、ともかく官費留学生に課せ

られた責務は重かった。彼らの中には西洋から持ち帰ったあれこれを徒《いたずら》に盲信する者もあれば、鷗外や漱石の如く、時に離見《りけん》する者もいた。

普請中とはよくぞ認めた。明治以降、未《いま》だにこの国は普請中である。それも基礎工事抜きの安普請なのである。島国という限られた土壌で育《はぐく》まれてきた民族性は、譬《たと》えてみれば露地物の野菜が味わい深いのと同様、実に得難いものだ。他所では味わえない。それでも改善すべきところもあった。だから近代化は進められた。品種改良である。とはいえ、良い物をより良くするのが品種改良なのに、明治以降それに携わってきた人の少なからずが原産物を根絶やしにしようとしてきた。このもう一つの『舞姫』が書かれてから九十五年。外国《とつくに》に上目遣いするばかりの輩のたむろする陋屋《ろうおく》に日本が成り果てようとは、警鐘を鳴らした鷗外さえ思いもよらなかっただろう。

程がよい

「もったいない」との言葉を見直す動きが顕著である。実に良いことだ。資源に限りある島国の日本を今日まで支えてきた根本が、正にこの思想だからである。それゆえ、何を今更、との感も無いではないが、良いものは良い。外国人にインスパイアされて、という点が癪《しゃく》ではあるが、言った者勝ちの世だから致し方ない。忘れていたこちらが悪い。

昔話をする。一九九三年度日本青年会議所の岡田伸浩会頭が行動指針の一つに掲げたものが《もったいない運動》だった。青年会議所というのは単年度制である。日本青年会議所も会頭はじめ役員、各委員会委員のすべて、各々《おのおの》が所属会員会議所から一年の任期で出向する形式をとる。丁度《ちょうど》バブルが弾けた直後で、ＪＣ活動にもどんよりとした空気が漂い始めていた頃だ。拡大路線も先行き不安。そんな中、人の世の原点を見直そうとするこの指針は多くの会員の賛同を得た。私も近畿地区担当常任理事で出向していたのだが、その翌年の一九九四年、この《もったいない運動》は国際青年会議所のプログラム事業として採用され、それは実に一九九九年まで継続されるほどの支持を集めることになる。

「もったいないという響きはどこか貧相でね」と宣《のたま》う向きもあるかもしれぬ。それなら程がよいでは如何《いかが》か。全く同じ意味とはいえないが、もったいないを支える一助には成り得る言葉だと思う。誰もが己の分を弁《わきま》えることに努めるならば、荒《すさ》んだ世も少しは落ち着くような気がしてならないのだ。そんな具合に認《したた》めている私の文というと、実にその対極にあるのが恥ずかしい。とにもかくにも半年間のご愛読、有難《ありがと》うございました。

明日への視座

――『京都新聞』

自覚なく流れる社会

今、陰惨な事件が相次いでいますが、私にはその一つひとつに自分の意見を述べるに充分《じゆうぶん》な知識もありませんし、分からないことばかりです。しかし、京都の街で育ち、家族や同門社中と接し、四百年を超える茶の湯の伝統の中で学んできたなかで、折々に気づかされ、自分への戒めとして多くのものを学べてきたのは誠に有難いことです。

京都・東山の麓《ふもと》の法然院で鼎談《ていだん》をしたとき、梶田真章貫主《かんす》が「お布施をしたら何かいいことがあるのか、とか、何か返ってくるのか、という質問をする人がいる」という意味のことをおっしゃいました。確かにお布施というのは、それをする人が「ありがたいなあ、きょうもこうやってお参りさせていただけた」と思うだけでいいはずなのに、私たちはついつい、お供えをしたら何かがかなうとか、すべてに対して見返りを求める生き方をしています。

茶の湯は禅と深いかかわりがあり、私も修行をさせていただいております。臨済禅師の言葉に「外に向かって求むるなかれ。求むるところあれば、みな苦なり」とあります。外にいろんなものを求めてばっかりいると、たとえそこから何かが戻ってきたとしても、それに対して必ず不平不満が生まれ、苦しみとなるということです。

私は、浮世と完全に隔絶して生きるのがよろしいと言いたいのではありません。浮世の波に漂いながらも、やはり自分の存在というものをしっかり見て、今、己の在る場所もしっかり認識していなくてはならないということです。それをしないで、自分がどこにいるか、自分という人間がどんなものかもわからないで、ふらふらしていると、根無し草のようになって自分が自分として生きていくことはできません。

そういう意味で、最近は自分の内を律する姿勢、覚悟が一般的に希薄になったような印象があります。

私は十六代家元を継承する記者会見の席で「良い先生をつくりたい」と申しまし

た。実は、これは、自分に対して戒めの意味で言った言葉です。良い先生を育てるだけのものが私にはまだない。しかしその中で良い先生を育てようという目標があれば、おのずから自分に厳しくなれる。だから私が良い先生にならなければいけない。今後もそれで自分を律していくつもりだ、と決意表明をしたのです。「プラクティス・ホワット・ユー・プリーチ（あなたが人に説こうとすることを、まず己が実践しなさい）」という言葉があります。すなわち、良い先生になりなさいということは、私が良い先生にならなければいけないということです。

学校にしても何にしても、いわゆる良い指導者が出にくいのは、それは、指導を通じて生徒の欠点を探すほうにばかり視線が向いてしまうからではないでしょうか。指導者が自分の姿をしっかり見ていない、自分を律しようとしない、手本にしようとしない。そしてこれは大方当たっているのですが、相手の中に自分の悪い所を見つけて、悔しいからついついそこを追及してしまうということになる場合が少なくないと思われます。

だから、この茶道の世界に限ってみても、先生方に望みたいのは、弟子に対しやたら優しくなるのでなく、指導するところはきちっと指導し、その際も、いたずらに相手の欠点のみを探して終わるようであってはいけない―ということです。まず、そのことを自覚するのが大事だとわかってほしい。

人を教えるのは本当に得難いことで、自分がさらに一歩勉強させていただく機会をちょうだいしている、と感謝しなければなりません。感謝の気持ちをもとに、弟子の足りぬところを指摘する。これは親と子の関係にも通じることです。

それによってこそ、先生と弟子との間にはっきりした結界がありながらお互いけじめをもって付き合おう、接し合おうという、ある種の覚悟が生まれてくるのでしょう。

「茶禅一味」という言葉があります。

茶道は一体何のために学ぶのでしょう。実は、自分を見つける旅でもある、と思います。無心に、いかに自分が一盌《わん》のお茶に接し、お茶を点《た》てられるか。そしていかに、人と自分との間に境目を無くしていけるか。これがまさしく「茶禅一味」でしょう。

だから、茶を教える先生方も、もっともっとしっかりと自分を見つめてほしいと思います。

覚悟なく流れていく世の中で、自分が自分であるための覚悟を敢《あ》えて持つ。そのけじめの上にこそ、地に足のついた判断が生まれ、自分の人生の姿もたち現れてくると思います。他人にではなく、自分に覚悟を強いることが大切なのです。（談）

子供に正しい競争心を

「子供の数だけ答えがある」との考え方がずっと気に掛かっている。子供の人格を傷つけぬように、と、あえて優劣をつけないのだろうが、それは、人生の、まだ〝仮免許〟にまでもいってない子供に〝車を買い与え〟、〝キーを渡し〟、〝乗ってごらん〟と言うが如《ごと》きこと。小学校や中学校の、まだ己が何か分かってない時期に、キチッとした道筋を示すのが教育の本来の形じゃないだろうか。

となると、義務教育の間は「答えは一つ」でよいはずだ。教師が「あれも正解」「これも正解」と言ったなら、子供は何が正しいか悩むだけ。苦労して「一つの答え」を見つけることは〝正しい競争心〟を生みだす。それは即《すなわ》ち、相手を踏み台にするのではなく、できうれば相手を光らせ、且《か》つ、自分はそれよりも少しでも輝こうという生き方を学ぶことに繫《つな》がっていく。

そういうことが今の世の中から欠落している。

学校は、〝まっとうな競争の場〟であるべきだ。競争は避けるのでなく、しなければいけない。運動会でも、妙な競争心を植え付けたらいけないからとクラス対抗をやめるところがあると聞く。しかし、全員でクラス対抗レースに取り組むことは、将来、社会人になるためのトレーニングの第一歩である。団体生活の中に必要とされる最低限のものを、きちんと学べる環境を整えなくてはならない。団体生活のできない人間をポンと世の中に送り出すのは、その子供にとっても甚だ迷惑至極な話じゃないか。

「自分は○○が専門だから他のことは分からないもん」と最初から線を引いてしまうような、場に適応できない人間ばかりをつくってどうするのか。苦手な場面と相対しても、「嫌だから逃げちゃえ」ではなく、それを乗り越えていく気概を内に備える準備を大人が手伝わなくてどうするのか。もう一つ気になるのが〝責任の分担〟という言葉。親が「私は家での子供の生活の責任は持ちますが、社会に出てからのことや必要な知識は先生にあらかたお任せします」と分業制を意識するのは、実に面妖《めんよう》奇々怪々なことだ。子育てについては、他人である教師にではなく、親こそ全《すべ》ての責任を負う覚悟を持たなくてはならない。

親と子の関係に目を向けると、ここにもまた気掛かりなことがいくつかある。親子の間の距離が近づいた。一見、仲が良い。仲の良いことは結構だが、しかし、あまりにもけじめがなくなるのは考えもの。いわんやそれが、幼稚園や小学校低学年の子供を茶髪どころか金髪や脱色ヘアにし、ピアスまがいのイヤリングをさせたり、高級ブランド品を買い与えるとは何たる為体《ていたらく》。

親子の間で豊かな心の交流を育てていくには、何から何まで構わない、所謂《いわゆる》、野放し状態は好ましくない。あまりにも友だち感覚になり、特に親が子に迎合し過ぎると、けじめのない無秩序な状況が家庭内に興りうる。難しいことだが、親子の間に〝けじめ〟が無いのでは、鳥たちの営巣行為にも適《かな》いはしない。

「ウチの子供たちは全然挨拶《あいさつ》ができなくて」と相談に来られるお母さんがいる。それにはまず、親が自分を律することが不可欠だ。子供が挨拶をしてくれないと腹を立てる前に、その親が自分から子供に挨拶をしているのかどうか、己を省みてくださいませ。

「おはよう」と言って子供が黙っていても、親は「おはよう」と声を掛ける。食事の際、親から「いただきます」「ごちそうさま」を言い、「行ってきます」と言わない子にも「行ってらっしゃい」。「ただいま」を言わない子にも「おかえり」と声をかける。それを毎日くり返すうち、子供も挨拶を交わすことに対し、不自然さを感じなくなっていくものだ。

挨拶は見返りを求めるものではない。心配り、即《すなわ》ちマナーなのである。誰しも自分の若い頃《ころ》を振り返ったら、親と口もききたくなかった覚えがあるだろう。だから、教条的なルールで無理やり縛ってはいけない。

親は、完全な人格者でも、完璧《かんぺき》な指導者でも、最良の手本でもない。至らない点も多い。しかも、誰もが己の過去をある程度美化し、それを子供に語りたいとの願望を持っているのは間違いない。そうすることで子供をコントロールするのが楽になるとの判断も混じっているのだろう。

しかし、それは不自然だ。子どもを嘗《な》めてはならない。いずれ化けの皮は剝《は》がれる。純粋であるだけに、その際受ける衝撃は大きい。そうであるからこそ、子供に対し厚化粧した姿を見せるのではなく、ありのままの自分の姿で接するよう努めるべきではないか。頼れる父となるべく、包容力のある母となるべく苦慮しているその姿を知らしめることも、その子が大人になっていく一助になるのではないか。

親と子の関係は今も昔も変わっていない。ただマスメディアを通じた情報量に違いがあるため、子供が親や年長者に畏怖《いふ》の念を感じにくくなってきた。大人もテレビなどの画面を通じて、今の子供たち・若い世代はこういうものだと勝手に判断しているように感じる。親は子供をしっかり自分の目で見ていないし、親がそうならば、子供も自分の目で親をしっかり見ようとしないだろう。

子育ては本来、親が目を見開いて子供の現実に向き合って築き上げていくものなのだ。だからこそ、全《すべ》ての責任を引き受ける覚悟があってこそ、〝親〟になる第一歩が踏み出せる。そう信じているのだが、こんなふうに書き連ねると、「時代遅れで保守反動、退嬰《たいえい》的だ」と弾劾されるかもしれないが…。

暮らしのなかの文化

雨雲に覆われるより盛夏顔負けの夏空にのしかかられた梅雨のひと月だったからか、既にして夏バテ状態の輩《やから》も少なくない中、夏休みが近づいてきた。小学校低学年の児童のような弾《はじ》ける笑顔は湛《たた》えないものの、成人している大学生だって夏休みが近づいて嬉《うれ》しくないわけがない。私が講義を持つ大学の学生諸君にも、どこかしらゆとりが垣間見える。

大学の講義とか講座だとかいうと、なんだか大仰《おおぎょう》な響きがある。教壇に立つ教師は背筋から力を抜かず、身構えている。頑《かたく》なである。海老《えび》さまのように睨《にら》みつけている。不出来な学生生活を送っていた私だから、かなり強迫観念的なものがあるのだろう。それとも〝精神的自家中毒〟なんてことか。ともかく大学の講義講座と耳にすると、左目の瞼《まぶた》が肉離れ寸前になるほどの痙攣《けいれん》を起こしてしまうのだ（ウソ…）。

そんな私であるのに、なんだかいろいろな事情で、現在二つの大学で茶道に関《かか》わる授業を持たせていただいている。既に十年ほど継続している芸術系大学の場合は通年だが、本年から開講したもう一方は経済学部の学生が対象で、期間は春学期と称される前期のみのものだ。

それぞれ学校のカラーも違い、学生の雰囲気も異なるが、教えるこちら側としての姿勢にはたいした変化はない。決して手抜きをしているのではない。しかし、「とにかく日本文化に対する知識を得られるように」との学校側の意向を尊重するには、ありのままの茶道に触れてもらうしかない。文献あれこれ引っ張り出し、小難しい話をしてもよいが、それじゃあ一部の学生には受けても、大半にはひたすら幸せな午睡の場を提供するだけになってしまうだろう（あくまで学生時代の私の体験に照らしての判断なのだが…）。だから、ひたすら体験してもらう。フィールドワーク、みたいなものなのだ。

随分以前の話だが、八畳の茶室に通した際、どこに座ったらよいのかわからない、と立ち尽くしていた子がいた。椅子《いす》が無いから、との理由だった。だから「椅子と机が座るべき場所を定めている洋間と違い、和室はどこにいてもよいのだよ」と招き入れたら、突然床の間に上がりこんで脚を投げ出したのには驚いた。そこだけが少し高くなっていたので座り心地が良さそうに見えたのかもしれない。どこでも構わないと言った手前、こちらもさすがに躊躇《ちゅうちょ》したが、とはいえ、そのままだとその学生が、床柱の前に座って話をする私の背後霊のようになってしまうから、丁重にことわって下りていただいた。

家庭から和の空間が減ってきた現在、これは当たり前の光景なのかもしれない。日常茶飯事なのかもしれない。若い人だけではない。この拙文を読んでいただいている中年世代にだって思い当たる点はあるのじゃないか。

和の家具と洋の家具とを同一空間にポンと置き合わせただけで〝和洋折衷一丁上がり〟などと安易な部屋作りばかりしていれば、どちらのことにも中途半端な知識しか持てない人間だらけになるのは当たり前のことだ。だから、私の講座はひたすら『和室でのんびり過ごそう』『お茶ごっこで遊ぼう』との主旨で一貫させている。

最初は座ることすらできなかった学生たちだが、遊びの要素が濃い時間を過ごしてもらううち、それぞれが持っている先祖からの〝日本的生活のＤＮＡ〟のしまいこまれている引き出しの取っ手に手が掛かるようだ。

四月から開始し二月までの十カ月。その間、四季折々の草花（茶花）を用意し、好きな花入《はないれ》に入れてもらう。茶碗の絵付けを楽しむ。竹を削り茶杓《ちゃしゃく》を作り、銘を入れる。冬場の授業では和菓子作りに挑戦したり、炉開きを体験する。

数年前の七月、前期最終授業の時の話だ。集まってきた学生を見て、驚いた。着物姿なのだ。厳密に記せば、浴衣である。団扇《うちわ》も用意している。再度認《したた》める。四月には座り方も知らなかった子たちだ。それが涼しげな夏の佇《たたず》まいで目の前に並んでいる。女子だけではない。男の子もだ。

「先生、驚いたでしょ」。いや、驚いた。と同時に、なんだか身体が戦慄《わなな》いた。唇も小刻みに震え、旨《うま》く話ができなかった。

コレ、お父さんの寝巻きなんです、と言った男の子の浴衣は確かにヨレヨレだった。見た目はヨレヨレだったが、実にゆとりのある姿だった。

それ以降、「若い日本人たちも棄《す》てたものではないぞ」、との思いは揺らぐことがない。我が田に水を引く気はコレッポッチも無いが、もしもこの講座を通して誰もが気付かずにいる日本人としてのＤＮＡの再発見にお役に立てているのならば、教える私にとって実に得がたい機会を与えていただいていることにもなる。

年ごとに学生たちは入れ替わる。講座を持つことに腰が引けていたころが嘘《うそ》のように、今はどんな子たちが履修してくれるのか、ワクワクドキドキ待ち受ける私である。

季節を渡る、心豊かに

来春開館五周年を迎える京都芸術センターの館内を歩いていると、此処《ここ》には季節がある、とつくづく感嘆する。元明倫小学校の建物であるから、ともかく古い。とはいえ、古ぼけているのではない。上手に齢《よわい》を重ねたふうだ。だから矍鑠《かくしゃく》としている。味がある。ギャラリーや喫茶室のある一階でも充分落ち着けるが、催し物の少ない階上では時間は殊《こと》の外《ほか》ゆったりと漂っている。暮れ方、ガラス窓から差し込む太陽の光は、その赤の濃淡により、己の過ごしている今の季節を的確に示してくれる。

季節を感じ入るには、なんと言っても和風建築に勝るものはない。木と紙だけででできているから、それがその日の外気や湿度に反応し、人間同様に身を竦《すく》めたり伸びをしたりする。これはコンクリートや新建材の建物には真似《まね》できない。ところがこの芸術センターの建物は、なんだかやけに対応が上手だ。和室ほどではないものの、人と季節とを遮断する素振りがない。これぞ古き良き京都の正しい和洋折衷建築というものである。

夏の到来が気忙《きぜわ》しかったからか、今年は秋まで早々とやってきたようだ。もちろん残暑はあるものの、それが近年ほど厳しく感じないのは、ひょっとしたらお盆の半ばにして既にその状態になっていたからかもしれない。

我《わ》が家の宗旨は臨済宗である。つまり禅宗である。だからお盆の期間、利休居士から少庵居士、宗旦居士の三代をおまつりしてある御祖堂《おんそ》と、そこに隣接する位牌《いはい》堂を兼ねた仏間に水塔婆を立て、朝夕お膳を差し上げ、家族総出で読経をするが、なにせ狭い所に親族がぞろりと入るわけで、その蒸しようといったら半端なものでない。読経が始まる前から汗が吹き出てくる。私は墨染めの衣《ころも》姿だが、袖を通したことのない人にはどこか涼しげに見えるようだ。見えるようだがとんでもない。襦袢《じゅばん》は即座に肌に張り付く。夏衣であるからべたべたすることはないが、それでも纏《まと》わりつく。御祖堂と仏間での読経の後、今度は敷地内にある虚心庵という名の小さな寺でお勤めをする。普段、忙しいときは作務衣だったりもするが、ともかくお盆期間中は衣を着る。

ご先祖方をお迎えするにあたり、衿《えり》を正す、とのことだ。衿を正す、のだが、その衿が汗にまみれて頼りない。それでも今年のお盆はまだ凌《しの》ぎ易《やす》かった。秋の気配を感じ始めたか、朝夕には蝉の声も腰が引け出していた。

大文字の送り火を道標にご先祖方は彼の地へとお戻りになる。近頃《ごろ》は背の高いビルが増えたため、全《すべ》ての送り火に向き合い手を合わせ、般若心経や光明真言を唱えることは難しくなった。隣接する日蓮宗の本山の屋根より高くならぬよう、四階建てに止《とど》めた裏千家センターの屋上からも、ここ数年の間に左大文字と船形との二山《ふたやま》が拝めなくなった。もとより鳥居形は視界に入らない。見えなくなったからそれで致し方ない、とするのは、どこか気にかかる。だから見えない山のある方向にも合掌し、視界に入っている大文字と妙法同様にお経をあげることにしている。

茶道の家元という立場にいると、多くの神社仏閣で一碗のお茶を献じさせていただく機会に恵まれる。実に有り難いことだ。そうでなければなかなか入れていただけないような神聖な場所で濃茶を練《ね》り、薄茶を点《た》てる。七月には高野山の金剛峯寺にて献茶式をお勧めした。世界遺産に登録されたその記念の献茶式である。

　お山に向かって車を走らせている道すがら、じわりじわりと私を包む無駄なものが剝《は》がれ落ちていくように感じた。〝核〟に吸い込まれていく、そんなふうだ。少しずつ、心という名の水面の細波《さざなみ》が収まっていく、そんな具合である。この一歩ごとに（実際は車だが）目的地に近づいていくとの思いが心の平静を生み出したのだろう。と、同時にその道中の風景、すなわち田園を過ぎ、山が迫り、つづら折をゆるゆると進み行くうち辺りは深山幽谷に…。このプロセスが果たす効果も大きかった。

　京都のように、有名な文化財は残っていてもその建物の周りはバブル期の名残の俗悪なビルだらけ、なんてのではこうはいかない。到着する迄《まで》の風景には古都の香りは感じられない。そこらの地方都市の駅前となんら変わりがない。目的地に向かうにつれ、時間を遡《さかのぼ》っていくようなワクワク感がない。その文化財の門を潜る迄はひたすらそんな佇《たたず》まいの場所が少なくないから、バスを連ねてやってくる修学旅行生だって窓外の景色を楽しもうなんて気は起こさないだろうし、となればひたすら携帯メールに取り組んでいるのだって仕様がない。

いまさら町を元の姿に戻すのは不可能な話だろう。府も市も予算がない。第一、国が赤字である。しかし、街路樹や街灯、舗装を文化財にそぐうものに替えてみたり、すでに建っているビルの外装をほんの少しでも手直ししたりすることは、まったく絵空事ではない。千年の都、とか、文化首都、とか京都の人間の多くがそのことを自負してきた。それを誇りに町は存続してきた。それなら京都の町が瀕死《ひんし》の状態に陥る前、今こそ皆で少し頑張ってみる時ではなかろうか。行政ばかりに責任を押し付けても進展はない。自宅前の歩道の掃除をするような気持ちで、京都人一人一人がこの町の景観を正すためにできることを実践しなくては、遠からぬ未来にこの町はそのはんなりとした歴史に幕を引く、私にはそう思えてならないのである。

変わる茶の間の娯楽

私ぐらいテレビを見ない人間も珍しいと思う。新聞を読む際、テレビ欄を跳ばすようになってからかなり経《た》つ。と言って、テレビを毛嫌いしているわけではない。目が悪いので疲れやすい。長く画面を見つめていると肩が凝る。首筋が詰まってくる。それに実のところ、私が見たいと思うような番組が無いのである。

まず第一に、バラエティーものが不得手だ。騒がしいのが性質《たち》に合わないというのではない。子供の頃《ころ》は、それこそドリフターズの《全員集合》なんかにずいぶん楽しませてもらった。だから笑いが嫌いなわけではない。笑うことも笑わせることも大好きだ。ただ、〝現代の笑い〟の基準に己がついていけなくなった。楽屋落ちネタ、が多くなった頃がちょうど私のテレビ離れに重なっている。笑いとは、ある意味、〝憂さ晴らし〟であるのだから、そこに高度の品位を求める気は毛頭無い。ラディカル大いに結構。とはいえ、出てくるタレントとか称する連中がひたすら内輪ネタを繰り返すばかりでは、食傷してしまう。

歌謡曲が苦手だから、歌番組もダメだ。

ニュースも民放のものはなんだかショーめいているし、キャスター自体に胡散《うさん》臭さを感じるので好みではない。

ドラマには興味が無い。第一、たまたま好きになったものを見逃したなら、たとえ録画したとしても悔しいじゃないか。

といった理由でそれらの番組を見なくなってからは連鎖反応。というか、そんなようなものが大半だから、どれにも興味を失った人間がテレビを見なくなるのは当たり前なのだ。

ヴィデオショップの品揃《ぞろ》えが充実してから、好きだった洋画番組にも執着しなくなった。洋画劇場の場合、名作と抱き合わせで購入したおまけ映画を流さなくてはならない。そんなのを流されても、三十に一つくらいは佳作が混じっていることもあるが、大抵はZ級である。当然のごとく、後味が悪い。だから足は遠のく。

プロ野球が大好きなのだが、私の贔屓《ひいき》のチームはパ・リーグでもかなりマイナーな存在だ。わざわざそのチームの試合中継を見んが為《ため》ＣＳ（通信衛星）放送に加入したが、その他のジャンルを調べてみるに、地上波より好みのものが多い。それで、野球と映画とネイチュアのチャンネルを中心にセットされているものを契約した。ということで、自分の書斎に小さなテレビとヴィデオデッキを据えているので、もはや私が地上波を見ることは皆無に等しいのである。

情報の多様化とはなんと贅沢《ぜいたく》な言葉だろう。つい先ごろまで六つ七つのチャンネル間にたっぷりと娯楽が詰め込まれていた。皆がそれを心待ちにしていた。今晩は何を見ようかとわくわくしながら朝刊を開いていた。それが今やどうだ。群雄割拠。衛星放送のペイパービューでは、話題性に富んだ映画など、一定期間嫌というほど繰り返し流してくれる。だから、ひとたび見逃してもなんら気にすることはない。娯楽という福袋がいたるところに山積みになっているのだ。

過当競争は必ずしも内容を充実させるとは限らない。長い目で何かを育てていくような悠長さが罪悪となされていく。取っ付きや口当たりの良いものばかりが重宝がられ、その結果、粗製乱造される番組が増えていくのではないだろうか。

書斎に籠《こも》って好きな野球や映画を堪能できるこの幸せを失いたいとは思わないが、しかし、果たしてこれが正しい姿なのかと自問自答してみるとき、どうにも居心地の悪さを感じてしまう。五人家族が集うに我が家の茶の間は狭いから、とか、書斎に籠っている言い訳を探したとしても、実はこれは健全な姿ではない。全員がその画面で繰り広げられる人間模様（私が子供の頃《ころ》なら『赤穂浪士』『泣いてたまるか』『だいこんの花』など）に引き込まれるような姿は、情報過多による世代間の感性に大きな隔たりが出てきた現在では最早《もはや》ありえないことだろう。とはいえ、本来、家族の一番居心地が良い場所という意味で定められているはずの居間または茶の間のアイデンティティーが大いに揺らいでいるのは間違いない。

家族が集う時間が多かった時代は、老若男女の交流は自然に深まるのが当たり前である。そして、その場に於《お》いて貴重な知恵や知識を親や老人が与えることにより、家族の統率が取れていた。キャリアの重要性、いわゆる長幼の序、である。それが崩れ

ミスターG
栄光の背番号
3000
~
7000
まで
SP
¥500.
Pレコード
500
AIRLINE

た。今は四方八方から知りたいことの答えを得られる。就職にしたって親に相談しなくてもそういった関係のサイトへ行けば用が足りる。だから家族の、家庭のパワーバランスが崩れた。その責任を情報社会をリードしてきた方面だけに押し付ける気は毛頭ない。とはいうものの、イラク人質事件などに代表される蜘蛛《くも》の子散らすように個々が好き勝手な方へ走り出す世相を鑑《かんが》みるに、時代はカオス状態に陥りかけているようだ。一つの場所に家族が集まるよう強制するのは収容所みたいで本末転倒である。事実、核家族化が当たり前な世相なのだから、無理やりそれに歯止めをかけようとするのも不自然だろう。物理的な面での集いが難しい現状である。しかし、それに変わる精神的な面での集いの場はできないだろうか。情報社会だからこそ可能なそのような場作りを、家庭に於いても本腰を入れ考えるときがやってきたと思い悩む私であるが、居心地の良い書斎に未練たらたらなのも情けない。

墨絵の寺——『新版　古寺巡礼京都 大徳寺』ほか

墨絵の寺

例えてみれば、大徳寺は墨絵の寺である。

墨絵であるから、色は白と黒の二つである。「色がない」と言えるかもしれない。

それは無駄な色がないということである。けばけばしい色がないということである。

すべてをそぎ落として、最低限必要なものだけを残したということである。

白と黒とには、どちらも何かかたくなな価値を感じさせる。

「ない」ということはすべてを拒絶しているような響きがある。しかし、「ない」という言葉があるから、そこに「ある」という言葉が生まれてくる。「ないからある」のであり、「あるからない」のである。

相反するものだけれども、その相反するものがともに無関係な状態にあるのではない。ともに相手の一部である。

考えてみれば、この宇宙の誕生一つとってみても「物質と反物質の対立から発生したビッグバンによって」との説がある。それゆえ、「無は有」であり、「有は無」である。

墨絵の寺というのは色がないように感じるが、それはそこに何一つないという意味ではない。

例えてみれば、塗り絵である。

確かなたたずまいが感じられる。まがうことなき存在感はある。目にもしっかり見てとれる。それを見ている人が手にとるクレパスやクレヨン、色鉛筆、それらのどの色を塗り込むかはそのときその寺を訪れた人間の状態によって変わる。それは心の色を楽しむということにもなってくる。

もちろん大徳寺にも四季がある。殺風景と言えば殺風景なのだが、とりあえず春なら春、夏なら夏、その折々の風情はこの墨絵の寺でも感じることができる。言ってみれば、奥行きが広いということだろう。

子供のころから大徳寺には頻繁に通った。遊びにということはほとんどなかった。気楽ということはなかった。ご先祖方の墓参りである。利休居士をはじめとする歴代宗匠方、親族、そして近いところでは祖父母、母、弟、おじ、大おじなど、今でもその人たちがそこに入っているとは信じられないぐらい身近に感じられる家族の墓を参るわけだ。

その前でぬかずいていると、なぜ自分が今ここにあり、なぜこの人たちがここにいないのか不思議に思うこともある。

月命日だけではなく、気が向いたときに聚光院に墓参りには行くが、それは「いずれ自分もそちらに行きますから」という仁義を切りに行っているようなものかもしれない。

どちらにしても、こちらの世界とあちらの世界という違いはあれども、「あちらがあるからこちらがあり、こちらがあるからあちらがある」という、先ほど白と黒という二つの色について述べたのと同じような気持ちで合掌し、読経をしているのだ。

さて、二十歳を過ぎてしばらくしたころ、大学を卒業し、いよいよ大徳寺で参禅させていただくことになった。

そのことは子供のころからわかっていた。わかっていたというよりも、覚悟をしていた。長男だから仕方がない、上に誰もいないのだから自分が行かねばならない、そのことを半ばあきらめの気持ちもあり、理解をしていたつもりだ。

とはいえ、納得したわけではなかった。頭で理解しても体が動かないというやつだろうか。

この家で上に誰もいないという状態である子供はとにかく周りから特別な目で見られてしまう。

歴代皆そうだったとは思うけれども、特に世の中が自由になってきたころだったわけだし、友人たちの語る将来の夢などを聞いていると、何といっても自分には自由がないということ、そのことばかりが重たくのしかかってきた。

同時に、「十六代さんですね」と無邪気に言ってくださる古くからのお社中方の言葉も、それこそ体に不似合いなほど大きな荷物を背負わされているような、そんな気

持ちにならざるを得なかった。

努力に基づく能力がなければもちろんこの道を、この家を守っていくことができないのは充分承知している。茶の道の勉強をするのは嫌いではなかったが、もっと気楽な立場で楽しみたいという思いもあった。そんな気持ちが整理できないまま成人し、大学を卒業し、そして寺へ通うことになった。要らざるものを引きずりながらの僧堂通いだった。

しかし、不思議なもので、僧堂に入ると、そこの別世界のように張り詰めた空気の中でそれまで背負ってきた自分の塵芥《ちりあくた》がいささかなりとも払われるような気持ちになり、わからないながらも老師の提唱《ていしょう》を一所懸命聞いたり、座禅をさせていただいたりしていた。

そんなある日、老師に隠寮《いんりょう》の方に呼ばれた。何かしかられるのか、とおびえながら相見《しょうけん》させていただくと、ただ一言「おまえはおまえやからな」とおっしゃった。

この一言は今も私の心の支えになっている。そうおっしゃった当時は一体何のことかもう一つわからなかったが、漢方薬のように長い時間をかけてじわりじわりと効いてきたのだ。

私の背負っている重荷――今の自分を見ることなく、例えば父なら父と自分を比べ一喜一憂したりするような、そういう気持ちをおろしなさいということだったのだろう。裸の自分でやってみなさいということなのだろう。今から自分の個性をしっかりと育てていけ、ということなのだろう。

それまで私は空っぽだった。悪い意味での空っぽだった。中身がなかった。中身がなければ中で育てればいいのに、外からあれやらこれやらいろんなものを取り込んできて自分というものを繕うことばかり考えていた。

老師の「おまえはおまえやからな」という一言は、自分の中身をしっかり自分なりに充実させていきなさいということだったように思えてならない。六十歳で亡くなられた老師だったのでご縁は短かったが、しかし、その中でもこの言葉は今でも私の宝物として残っている。

「おまえはおまえやからな」という言葉には無駄がない。要らぬものがそぎ落とされている。すなわち色がない。墨絵のようである。

そうだ。大徳寺について「例えてみれば墨絵のような寺だ」と言った私の書き出しの言葉は、多分この師匠からいただいた一言がずっと印象として残っていたのに違いない。

不肖の弟子の一人として本当に多くの感謝を込めながら、これからもこの寺とのご縁を大切にさせていただければありがたい。

古都そぞろ歩き

五十歳を越えた頃から少しばかり体力に翳《かげ》りが見えてきた。誰かに指摘されたわけではない。そのことがデータとして示されたのではないし、実際、人間ドックなどで上ってくる数値などに問題があるのでもない。

例えば長い階段を上りきった後、ごく稀《まれ》に息切れする。膝に手をついてゼーゼーしたりはしないが、呼吸が収まるのに時間が掛かる。そんなときは決まって脹脛《ふくらはぎ》が文句を言う。

出張先など、枕が替わった時は勿論《もちろん》、自宅でも眠りが浅くなった。寝つきが悪いのは子どもの頃からゆえ致し方ない。諦《あきら》めている。それに加えて目敏《めざと》くなった。だから朝になっても夜中を引き摺《ず》っている。つまり、寝が足りていない。これにはかなわない。

酒も弱くなった。すぐに出来上がる。安上がりでよいが、皆がさあこれからという際に小生のみ羽化登仙《うかとうせん》。ひどい時には山から滑落していることもある。

そんなわけで自己嫌悪に陥っていた昨秋、何気なくウォーキングを始めた。大昔、陸上部にいた。蒲柳《ほりゅう》の質だったので忽《たちま》ちのうちに膝・腰を故障して退部したが、それでも走るのは嫌いでなかったからジョギングは何度も試してみた。しかし壊した箇所が邪魔をし、続かなかった。ところがこのウォーキングがリハビリになったのである。

距離的には五〜六キロが精々である。最初は散歩に毛が生えた程度ものだった。それが、春には競歩に近いスピードが出せるようになった。六月からは走れるようになった。以前は五十メートルでも割れるように痛んだ膝が今は辛抱してくれる。腰も然《しか》り。その二十倍の距離が走れる。焦らずやってきたのがよかったのだろう。

緩んでいた身体に締まりが出てきた。それも嬉しいが、何より得したのは京都の路地の魅力を再認識できたことだ。奇麗に整えられた街路だけではない。ふと足を踏み入れた一筋ごとに譲り合いの心が感じられる。それは戦後の急速な発展に置いてきぼりにされ、そのままどこかに身を潜めてしまったと思っていたのに……。隣同士が互いに気を配りあい守り伝えてきた京都の本質は、実はそんなに柔《やわ》なものではなかったらしい。

その日の気分で向かうコースは違う。行き当たりばったり、時折迷子になったりするがそれも一興。入り込む路地や辻角のどこかしこで、昨日と今日、そして明日のこの町は仲良く身を寄せ合っている。

うろたえる日本人へ——『正論』

サラダを箸でいただく勇気を

干し草の山のようにフンワリと盛り上がる繊切りキャベツであろうと、ニンニクのかけらをまとわりつかせたアンチョビが瑞々しいレタスの間から顔を覗かすシーザーサラダであろうと、ともかく生野菜と名の付く一皿を前にしたとき、私は無性に箸を欲してしまう。格式の高いレストランの鈍色《にびいろ》の灯火のもと、いわくありげなたたずまいのクリストフルらしきナイフとフォークが品よく添えられていたとしても、だ。この際、そんなものは無用の長物である。私の両眼はひたすら箸の在処《ありか》を捜し、風に一撫でされた水溜まりの表面のように落ち着きなく小刻みに震え続ける。

所謂、洋食屋で提供されるトンカツ定食の如く、最初から箸が添えられてくる場合はよい。しかし、もしそこが、記したようなレストランだった場合、まず、箸は出て来ない。頼めばあるのかもしれない。しかし、そういった場所で箸を頼むということは、人間に尋常ならぬ勇気を必要とさせる。

曰く、みっともない。

曰く、弁《わきま》えがない。

曰く、見下される。

だから、ナイフとフォーク、乃至《ないし》はフォークのみを扱ってサラダの皿に向っている人達の多くは、表面的には落ち着いた面持ちだったとしても、その実、心穏やかではないのではなかろうか。私にはそう見えて仕方がない。

サラダならば大抵のものにはドレッシングが掛かっている。フレンチであろうがサウザンドアイランドであろうが、それは固形物ではない。その全く正反対の存在である。

考えていただきたい。

レタスと同じような柔らかさの葉を持つアオキなどの植木、それがたっぷりの雨に打たれた後だったとする。水滴の重みにゆっくりと上下しているそれにソォーッと指を触れてみる。ひと葉を千切ってみようとする。例えば、壁際に剣呑な目付きでうずくまっている猫に手を伸ばしたとしよう。大抵の場合、それは毛を逆立て、身をくねらせ、爪を立てようとする。その猫と同様、それは葉っぱなりの抵抗を試みる。その葉に手を伸ばした人のシャツにはまず間違いなく、身震いした葉が飛ばした水滴による染みの幾つかが浮き出ているはずだ。

雨露ならばそう恥ずかしいことはない。しかし、それがドレッシングだと話が違う。シャツが汚れることぐらい、洗濯すればよいのだから、さして気にすることはない。要は、不器用な人だと思われること、そして、そんな不器用な人に食べにくいサラダを出してしまって申し訳ないと同席する相手にいらぬ心配を掛けることが苦痛なのである。

そんなわけで、箸を使わず生野菜を頂かなくてはならぬ場合、私は何時でも恐る恐るといったふうになってしまう。だから、好きでもない生野菜が余計に鬱陶しくなる。

決して縮まらない国と国の距離

五月六月七月と連続して海外に出た。

我が家では、海外というとおおよそ父の仕事になる。昭和二十六年に初めて茶道の海外布教に着手してから今年で五十年。その実績によって自然とそうなってきた。続いて多いのが弟で、これは彼が携わっている茶道以外の用務をも含んでいる。最も少ないのが私である。少ないとは言え、それでも平均すると年に一〜二回は出ているだろうか。

もっと海外で仕事をしたいでしょう、そう訊ねてくれる人もいるが、家の男三人が三人とも出たり入ったりしていたならばこれはやっぱり気忙しい。それに高いところが得意な方ではない私だから、皆に代わって国内の仕事をするのに何のこだわりもない。電車の座席で文庫本片手でいるのが何よりも好きだから、大体このようなローテーションで近年は回ってきた。それが立て続けに三回。昨年はルーマニアに行ったきりだったから、ともかく平均ペースに戻されつつあるわけだ。

五月から順に記せば、ドイツ・中国・ハワイと、なんだか脈絡のないコースである。その脈絡のないコースに唯一辻褄を合わせているのが、着物である。

私が海外に出る場合、それには全て仕事が絡んでくる。たとえ家族を連れていたって、そこには何らかの用事が絡んでくる。家族が出掛けたいと希望するような国にはまず間違いなく私たちの支部があり、出張所がある。だから、空港やホテルに現地の人達が花束など抱えて待っている。着物に袖を通すような用事がなかったとしても、夕食会なんかが入ってきたりする。それだから、プライベートな旅であっても、少なくとも成人してからこの方、私は上着にネクタイ無しで国際線に乗ったことはない。

七月のハワイでは、入国する際、

「この夏のハワイに来るのに、何故《なにゆえ》お前はダークスーツなんぞ着ているのか」

と詰問された。

ハワイの人達は、仮令《たとい》お堅い銀行員でもアロハシャツが制服なわけだ。日本から仕事でやって来る人達も、暑苦しい背広はガーメントバッグに納め、ポロシャツなんかでいる。このたびの私の場合、行事があったのだけれど、ともかく先述したような事情で、国際線即ちスーツとの方程式ができているわけだ。もっと言えば、パブロフの犬並みの条件反射が身に付いているのである。

言うまでもなく日本は島国である。国境線はその国土の中に引かれていない。境界線が内側に存在しないから、「外《と》つ国《くに》」という言葉が生まれたのであろう。そこには、欧州などのように、ひと跨ぎすれば町名が変わるような簡便さを伴った国境線は存在していない。常に緊張感がついて回る。跨ぐのではなく渡るのだから、当然、心意気が違ってくる。覚悟が生じてくる。私が外国に赴く際、どんなときにでもスーツで身を固める根拠がそれだ。

ハワイ行の飛行機の搭乗待合室にいるとき、暑苦しい格好をしているのは何時でも私ぐらいのものだ。まだ飛行機に乗ってもいないのに、老いも若きもかの地の目抜き通りを闊歩しているかの如きたたずまいでいる。ホノルルに着いてもチェックイン時間の関係ですぐには宿に入れず、大抵、数時間の観光に連れ回されるのだからそれも致し方ないだろう。それでも、いい年格好の人物が、上着も無しに派手ばてしいポロシャツで声高にたむろしているその光景は、どうにも空虚なものに感じられてならない。旅慣れているのはよい。旅慣れているのはよいが、旅を舐めてしまっているような輩を目にするたびごと、私は落ち着かなくなる。こういった心境になることこそ、ひょっとすると「島国根性」とやらの証しかもしれないのだが…。

ＩＴ社会になって、ますます国家間の距離がなくなってきたかのように語る人達が多くなった。しかし、国と国との間には順然たる距離が存在している。地図を三つ折りにすれば日本とアメリカ大陸との間の距離はなくなるが、それは絵に描かれたものだからできる話である。物理的距離が縮まることは、よほどの地殻変動でもなければ、高々一メートルでも変わるわけがない。それなのに、パソコン通信網の整備により、瞬時にして世界中と連絡が取れるようになった。空間に対する人類の勝利、そう謳い上げる連中が出てくる。

私の生活にも、もはやパソコンは欠かせない。これがなくては仕事にならぬ場合もある。しかし、そうだからといって、私は世界との距離が縮まったとは決して思わない。相手と顔を合わさず、握手もせず、互いに会話の糸口を掴む努力もしない。それでいて、進む話は進む。つまり、一般に煩わしいとされているお互いが知り合うために不可欠な、言葉は悪いが、所謂〝探り合い〟という手続がおろそかになってきたのではないだろうか。気楽に人間関係の構築ができるのだと錯覚してしまう分、かえって人と人、国と国との間の距離は遠のいてしまう危険性を含んでいるように思えてならないのである。

間違ってはならない。

錯覚してはならない。

国と国との間の距離は決して縮まることはない。だから、ボーダーレスなんて言葉も、かつての共産主義の如く、まず実現不可能な絵空事の類いである。百歩譲って、本当にボーダーレスな社会が実現したとしても、そこでは民族の持つ特性が薄められゆくことから発生する、従来の使われ方とは少々違う意味でのデカダンスは生じても、決して今より人間性が深化していくことなど有り得ない。互いにどうしても越えられない国境があったからこそ、それぞれの国民が切磋琢磨し、現在の社会は生まれてきたはずではないか。

至極便利で手軽なＩＴ革命をひたすら盲信するところから得るものの裏には、それと同じだけの負の何かが含まれていることを誰もが用心してこそ、このネット網は初めて正しい使われ方をすることになるのである。

自分の心を見ることの重要性

現代社会において、何が最も欠落しているのだろうか。そして、そんな中で、何が最も求められているのだろうか。

それは「心の絆《きずな》」である。

社会生活をする際、私たちは、先ず、どうすれば他人の心内《こころうち》がわかるようになるのか、と、そればかりに腐心している。その動機には、世の中に出たならば、少なくとも自分一人では生きていくことができないのだ、との覚悟があるはず故、勿論、それが悪いわけではない。その覚悟、ちょっと大袈裟な表現なので、「認識」と言い換えるが、その認識なくして世間に足を踏み出す人は、人間の集合体としての社会をかき乱すことこそあれ、何の貢献もできやしない。就中《なかんずく》、それ以前に、自分自身に対して何の報いももたらさず、八方塞がりの結果しか得ることができない。と言うよりも、最初から、わざわざ己が望んでその八方塞がりの結果を呼び込んでいるということになる。

そんな閉塞状態に置かれている現代人は少なくない。そして、そんな人達の誰もが、その状態から脱出したいとやきもきしているはずだ。その為にも何とか他人の心がもっとわかるようにならなくては、とあがいている。

何で私は他人の心がわからないのよ。もっともっともっともっと勉強しなくちゃ……、立派な方にお訊ねしなくちゃ……、神仏にすがらなくちゃ……。

こんな人がよくいるが、私は、これこそワルアガキの典型だと思う。

こういう人は、大抵、自分の心が見えていない。見ようとしない。自分の心を見ることの重要性に気がつかない。

運動会でみた行き違いの縮図

私の知人の話をする。

去年の秋、運動会の折の話である。その子が六年生だったから、小学校最後の運動会だ。大変足の速い子なので、徒競争の前につかまえて、

「頑張れよ」

そう声を掛けた。そうしたら、

「うーん、自信ないなぁ……」

と、気の強いその子に似合わぬ受け答えである。

「何で?」

と訊いたところ、それはこういうことだった。

近年、こういった徒競争では、走るスピードに合わせて組分けをしていくそうだ。その子は大変足が速い。つむじ風かと思う程、速い。だから、いつも最終組であり、ということは、常にとんでもなく速い連中と一緒に走らせられることになってしまう。

繰り返すが、その子は足が速い。それなのに、その組み合わせが障害になって、入学以来、確か、一度も一等になっていない。

悔しい。

悔しいけれど、つむじ風以上、即ち、暴風雨のような同輩ばかり相手だから、まず勝てない。だからのこの発言だった。そして、小学校最後の徒競争も二等だか三等だかで、彼はとうとう勝てないまま卒業していった。

スピード別の組み合わせというのは、先生方からすると、ともかく運動音痴の子供たちにも大きなショックを与えることなく、運動会という場を楽しんでもらいたいとの善意から出てきたのだろう。私は駆けっこは遅く、殆どビリの記憶しかない。だから運動会にはよい思い出はない。それでも、そういう悔しい場を体験することも、自我の形成期にある子供たちには必要ではないか。自分の思い通りにはならない現実を知っておくことは、大人への通過儀礼なのではないか。

誰もがその学校という場を平等に楽しめるという意味では、確かに運動音痴の子に対し、配慮がなされている。しかし、それで本当に良いのだろうか。

速い子供と遅い子供とが混じっていれば、当然格差が出てくる。しかし、川に早瀬や淀《よどみ》があるのが当たり前のように、人間同士の間には様々な能力差がある。その現実をオブラートに包んだまま、順送りしていって良いとは、私には決して思えない。

たとえ一等の子の随分後ろでもがいていたまま競技を終えたって、それはそれだ。皆の目の大半は一等賞のスターの方に向く。運動苦手な子にとって、ともかく、この遅い自分がそう目立つことのないままにこの競技が終わってほしいというのが本音だろう。

この場合、遅い子は遅い子ばかり纏められ走ることになる。速い子に運動音痴の子が大きく引き離されないようにとの配慮であるのは言うまでも無い。それ故の組み合わせである。それなのに、実は、かえって目立たせているばかりなのだ。つまり、その子たちの組だけ、やたらと遅いのである。明らかにコマ送り状態になっている。だから、余計に目に付いてしまう。様々な配慮のもとに定められたその組分けで走っている子供たち、特にその駆けっこの遅い子供たちの多くが、誇りを傷つけられたような表情でノロノロ通り過ぎてゆくのを、私は正視できなかった。

これが本当の意味で平等といえるのだろうか？　競馬じゃないんだから、未勝利戦とか自己条件戦なんか組む必要はない。名簿順だとか身長順、そんなふうに分ければ良い。それが平等ということなのではないか。

子供を挟んでの先生と親とでは、例えば、個人の家庭の事情には立ち入らないでくださいっ、と問題にされる場合もあるのだろう。しかし、成長過程にある子供たちを預かっている先生には、教育者としての責任がある。当たらず触らずさりげなく、一定の期間が過ぎたから、はい、さようなら、というのでは、主人の留守中のペットを預かるペットショップと変わりがない。

互いのプライバシーの尊重だとか、互いの権利を認め合うだとか、それは大切なことだ。しかし、どんな高邁な理念であったって、遠巻きにした状態で声高に叫んでいるだけでは、イスカの嘴《はし》のように食い違ってばかり、決して嚙み合うことがない。

現代社会に見られる多くの行き違いの縮図として、私は、運動会の徒競争の話をあげた。あまり説得力に溢れた例とは言えないかもしれないが、それでも、専門家の誰もが思わぬ程身近なところにも、社会問題の原点は垣間見えるのだ。

社会とは決して都市単位・国家単位のみで捕らえるべき存在ではない。人と人とが共存する場所は、すべからく一つの単位社会なのである。

誰が何をしてくれるのか？

どんな乱れた世の中でも、茶道が衰退したことは皆無に等しかった。

弾圧を受けるような厳しい条件にあっても、中に集う人達のやる気は失われることはなかった。決して諦めることはなかった。私たちが受け継いできた茶道の精神には、単に侘びだ寂びだ、だけではなく、その理念を具現化していくための行動力、即ち、自分を見限らないこと、自分を裏切らないこと、自分のやる気を高めること、それらを身に付けるべく努力することが欠かせない。そして、それを学ぶ姿勢を通じてこそ、自分を愛することができ、自分を信じることができるようになる。

そうするとどうなるか。

他の人達を愛し、信じ、互いに素直に相手の手を取り合うことができるようになるじゃないか。そういった過程を経て成り立った人間関係では、多くのぬくもりがストレートに互いの心に入り込んで行く。

決して社会にだけ責任を押しつけてはいけない。

社会は庭のようなものだ。

庭に出て転んだとしよう。

擦りむいた膝をこすりながら見てみると、石が覗いていた。転んだのは石のせいだ。膝を擦りむいたのは石のせいだ。

そう。

それに間違いない。

でも、その石があるのはあなたの家の庭。それなら、毎日庭掃除をする時に注意しておけば、ひょっとしてつまずくことはなかったんじゃないか。

私たちは何事もその原因を他や外に求めがちである。

悪いことばかりではない。時には、自分を導いてくれるもの、自分を高めてくれるもの、そういったものをも、外にあると考えてしまうのではないか。どこか遠く、何か大変高い所、なかなか手の届かないそんな場所にあるからこそ真理なのだ、と勝手に決め付けている。しかし、初めからそう決め付けてしまっていては、結局その真理を見つけられなかったとき、到達できなかったとき、自分を納得させ慰める為の言い訳を最初から用意しているようなものなのである。

真理とは、確かに遠く高いところにあるのかもしれない。しかし、それは距離感としての話ではない。その真理を求めるための、よし、やるぞ、という気持ちが何よりも大切なのである。それは誰に後押ししてもらうのではない。自分で自分を前向きに持って行かなくてはならないのだ。初めの一歩、それこそ一人一人が気合とともに踏み出すその一歩こそ、どんなところにあるかは千差万別のその真理に最も近付いた状態にあるのだろう。

真理は遠くにもあれば近くにもある。

高い所で霞《かすみ》に包まれていることもあれば、フワフワと目の前を漂っているかもしれない。

渡ってくる風のようなものだろう。

山の中を歩いているとき、森が開けて野原になった場所でその風に全身を包まれるかもしれない。

町中を歩いている時、込み入った路地を抜けてくるその風に頬をくすぐられるかもしれない。

しくじったり悩んだりする原因を外に求めることは、その瞬間は楽である。取りあえず、責任から逃れられたからだ。しかし、それればかり繰り返していると、さながら何発もくらったボディブローのように、後からじわじわと効いてくる。そして、そのことは何時までもその人の中に、一種の抑圧、つまりコンプレックスとして居座り続けるのである。

私の座右の銘は「無事是貴人」という禅語である。これは『臨済録』の中の言葉で、そこには、「無事是れ貴人、但《ただ》、造作《ぞうさ》すること莫《なか》れ、祇《ただ》是れ平常なり」とある。

この「無事」、怪我をしないという意味ではない。『臨済録』には「求心歇《や》む處、即ち無事」とあるが、「無事」とは、このようにいたずらに外に向ってばかり探し求めるような心がなくなった状態を指す。

私たち茶人にとっての「無事是貴人」への旅は、まず〝自分の信ずるものを持つ〟というところから始まる。自分の信ずるものを持っている人ならば、その人はその信念をお守りとし、一歩足を踏み出すことができるのである。それによって、自分の求める答えが置かれた部屋への出入り口を見つけることができるのである。とにもかくにも足を踏み出さない限り、何も発見することはできないのだ。〝自分の信ずるもの〟、それは即ち私にとっては茶道精神である。それをお守りとして携《たずさ》え、素直な心で足を踏み出し続けていくことにより、私たちは何物にも振り回されない確固たる人間、つまり〝貴人《とおといもの》〟となれる。そして、それは、たとえ生きる世界が違っていても、人間一人一人が本来兼ね備えているはずの、汚れのない心の中にあることを意味しているのだ。

「心の絆」とは、自分と他人の心の結び付きや、自分と他人の信頼関係の構築についてだけのものではない。外にあって、今を一所懸命生きている自分と、それを支えている〝内なる自分〟との「絆」の再確認をも謳《うた》っているのである。

「外にある自分」、それは、その一瞬一瞬を大切に生きている、この目に見える私たちのことである。

そして「内なる自分」とは、今も昔も普遍の本質であり、つまり、産声を上げた時から今日まで変わらず私たちの中心にあり続けている、所謂、ありのままの自分を指す。禅ではそれを〝仏性〟と呼ぶが、言葉は何と代わろうとも構わない。その存在によって私たちは生かされているわけだし、それがあるからこそ、多くの人達との交わりが可能になる。多くの人と交わることで多くの刺激を得る。そこから得る刺激によって、私達の五感はより研ぎ澄まされたものとなっていく。

この乱れた世の中に対し、誰が何をしてくれるのか?どんな手を打ってくれるのか?

政治家か?官僚か?自治体か?

一体全体、誰に頼ったら良いのか。

誰でもない。

まず、私たちが私たち自身の抱える問題点に気付こうとする。決して目を逸らさない。そしてそれに立ち向かおうとする。その段階を経た上で、それではどうしても手の届かない場合、公と連携するとの意識を持つことが肝要なのではないか。そうでなくては、問題意識の盥回《たらいまわ》しになってしまう。己の努力なくして最初から他の力に頼ろうとするならば、たとえそれで問題が解決したとしても、根本的な改善にはならない。自分で自分にボディブローを繰り返してばかりいるだけのことではないか。問題に立ち向かう努力をした上で公とも結び付くならば、それはＹＥＳに代わるのである。

土壌によって色合いの違う花を咲かせるように

サラダを食べるときは何時でも箸がほしくなる。箸がなくては上手に食べられない。それでも箸は出てこない。だから、不器用におどおど食べ始める。

大東亜戦争後の日本の外つ国《とくに》との付き合いは、何時もこんなふうだったのではないか。相手の用意した食べにくい料理を慣れないナイフとフォークで口許に運ぶ。こぼしてはいけないので、心持ち前屈みになり、漸く口許にまで持っていったそのとき、ふと目線を上げると相手がじっと見つめているのに気付く。そこでそんなこと何も気にしなくても構わないのに、慌てて口に押し込もうとしてテーブルクロスに落とすか、首尾よく押し込めたとしても唇の周囲をドレッシングだらけでもぐもぐやる。充分に咀嚼することと無しに飲み込もうとする。味も何もない。ただうろたえる。みっともない。だから卑屈になる。これでは相手との会話にまともな受け答えができるわけがない。

これが島国コンプレックスの際たるものである。国際化という言葉の波は、ちっぽけな島国が生き残っていくためのお題目のごときものであるのは重々承知している。しかし、憲法がそうであるのと同様に、何でもかんでも隣の芝生をうらやましがるような無い物ねだりから生じた国際化波は、ちっぽけな島国に情け容赦なく打ち付ける。そしてそれを繰り返す内、この島は、もっとちっぽけな、さながら岩礁のようなサイズにまで削り取られていってしまうのではないだろうか。

サラダを出されても胸を張り、堂々と箸を頼めばよい。無いと拒絶されたときのために、何時でも箸箱を携えていけばよい。

国家と国家の間には明らかな距離がある。その距離を無くそうと足掻くことにより、その距離を互いに認識しながら、精一杯手を差し伸べ合うよう努力する姿勢を互いに学ぶことこそ、地球社会に真の秩序をもたらすと私は考えているのだが、果たして如何なものか。

因みに私の文化交流。

日本文化の粋である茶道として守るべき根本を譲ることはないが、徒《いたずら》に縛りばかりを掛けるのでもない。風に運ばれた種子がその土壌によって微妙に色合いの違う花を咲かせるのと同じく、即ち、その土地に馴染んでいくのを暖かく見守ることをモットーに、今後とも文化交流事業を継続していくつもりでいる。

初出一覧

「京都あちこち独り言ち」――『クロワッサン・プレミアム』（株式会社マガジンハウス　平成19年～平成20年）

「そろりそろりと秋が来た」（平成19年12月号）／「色の有る無し」（平成20年1月号）／「服に惑いて」（2月号）／「うつらうつらと春到来」（3月号）／「おいしいお酒」（4月号）／「身だしなみ」（5月号）／「花に惑いて」（6月号）／「シークレット・マップ」（7月号）／「別腹談義」（8月号）／「マナーは何処…」（9月号）／「たかが朝飯、されど…」（10月号）／「〝私〟と夜と音楽と」（11月号）

「SEEING KYOTO」――『SEEING KYOTO』（講談社インターナショナル株式会社　平成17年）

「ゆるりとした旅」――『ブルーシグナル　114号』（西日本旅客鉄道株式会社　平成17年9月）

「旅ひと心」――『読売新聞日曜版』（平成17年）

「卵焼きも町も辻一つで違い」（12月11日）／「眼鏡新調　旅情も深まる」（12月18日）／「枕同伴『想定外』の乗客？・」（12月25日）

「あすへの話題」――『日本経済新聞』(平成17年)
「読書」(平成17年1月21日)/「LP」(1月28日)/「エネルギー」(2月4日)/「底冷え」(2月18日)/「ネットオークション」(2月25日)/「…ながら族?」(3月4日)/「健康法」(3月11日)/「近眼」(3月18日)/「国語」(3月25日)/「身だしなみ」(4月8日)/「旬」(4月15日)/「鞄」(4月22日)/「風薫る」(5月6日)/「色合い」(5月13日)/「駆け足の初夏」(5月20日)/「辞書の話」(5月27日)/「基本を学ぶ」(6月3日)/「写真の腕前」(6月10日)/「もう一つの『舞姫』」(6月17日)/「程がよい」(6月24日)

「明日への視座」――『京都新聞』(平成16年)
「自覚なく流れる社会」(3月6日)/「子供に正しい競争心を」(5月8日)/「暮らしのなかの文化」(7月11日)/「季節を渡る、心豊かに」(9月19日)/「変わる茶の間の娯楽」(11月20日)

「墨絵の寺」――『新版　古寺巡礼京都　大徳寺』(淡交社　平成19年)

「古都そぞろ歩き」――『京都新聞』(平成21年8月28日)

「文化交流に関する一考察　うろたえる日本人へ」――『正論』(産経新聞社　平成13年10月号)

千　宗室　（せん・そうしつ）
昭和31年京都に生まれる。大徳寺管長・僧堂師家中村祖順老師のもとで参禅得度し、斎号『坐忘斎』を受ける。祖順老師の没後、妙心寺盛永宗興老師のもとで参禅。平成14年裏千家第16代家元となる。『母の居た場所』（中公文庫）、『私の二十四節気日記』（中央公論新社）、『昨日のように今日があり』（講談社）、『自分を生きてみる』（中央公論新社）など著書多数。

京都あちこち独《ひと》り言《ご》ち

2009年10月16日　初版発行

著　者　　千　宗室
発行者　　納屋嘉人
発行所　　株式会社　淡交社
　　　　　本社　京都市北区堀川通鞍馬口上ル
　　　　　営業　(075)432-5151　　編集　(075)432-5161
　　　　　支社　東京都新宿区市谷柳町39-1
　　　　　営業　(03)5269-7941　　編集　(03)5269-1691
　　　　http://www.tankosha.co.jp
印刷製本　図書印刷株式会社
　ISBN978-4-473-03598-1